本部島絵図
流木みさき
船つなぎ場
あざらし半島
上陸記念井戸
雨水ため
ウミガメの牧場
たきぎ小屋
サンゴ礁
かがり火
かめみさき
砂山
見張りやぐら
土俵
ウミガメの牧場
サンゴ礁
E
S
W
N
EAST
SOUTH
WEST
NORTH

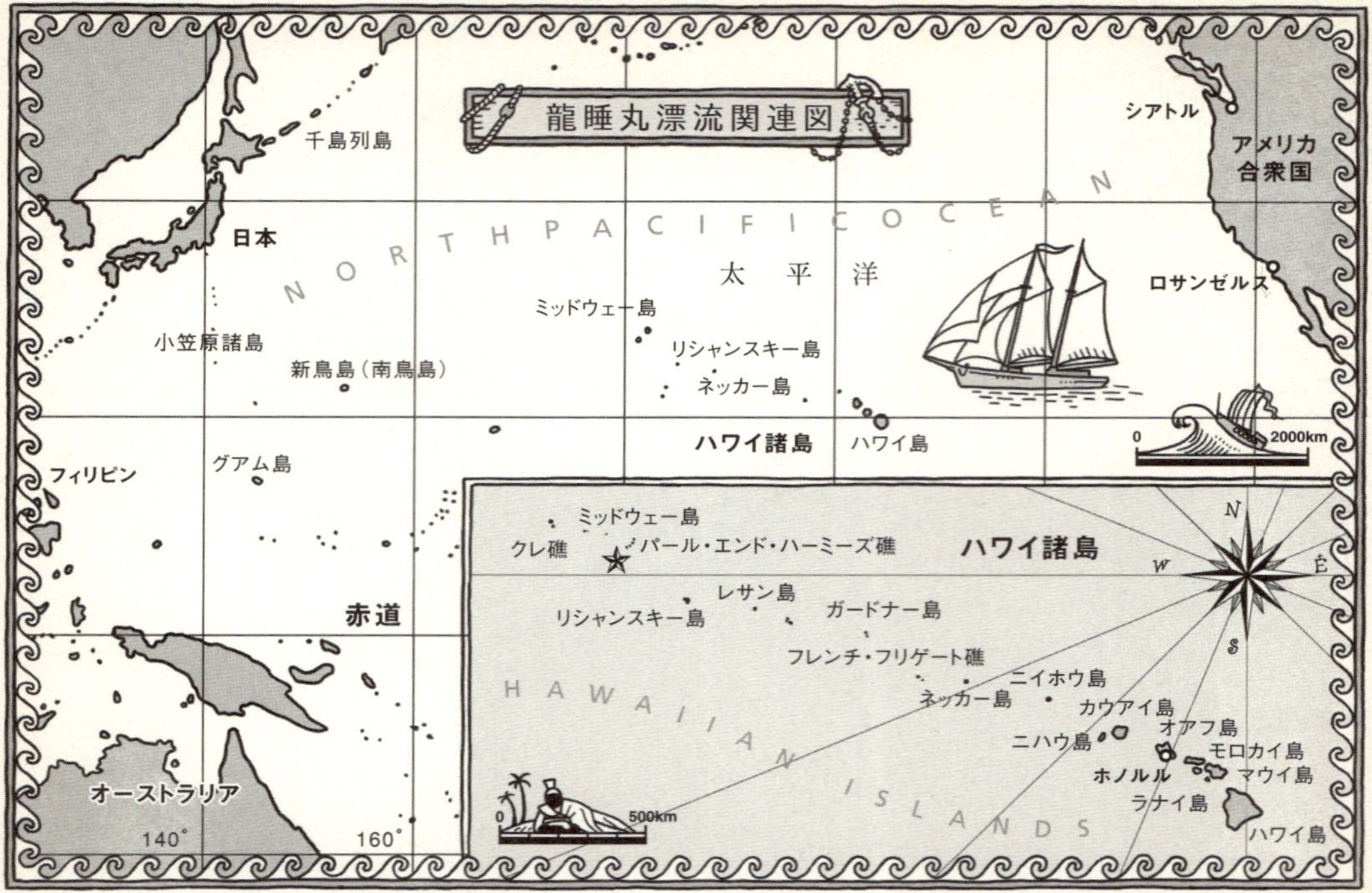
龍睡丸漂流関連図
千島列島
日本
NORTH PACIFIC OCEAN
太平洋
シアトル
アメリカ合衆国
ロサンゼルス
小笠原諸島
新鳥島（南鳥島）
ミッドウェー島
リシャンスキー島
ネッカー島
ハワイ諸島
ハワイ島
0
2000km
フィリピン
グアム島
赤道
オーストラリア
140°
160°
ミッドウェー島
クレ礁
パール・エンド・ハーミーズ礁
ハワイ諸島
N
W
E
S
レサン島
ガードナー島
リシャンスキー島
フレンチ・フリゲート礁
ニイホウ島
ネッカー島
カウアイ島
オアフ島
ニハウ島
モロカイ島
ホノルル
マウイ島
ラナイ島
ハワイ島
HAWAIIAN ISLANDS
0
500km

新潮文庫

無人島に生きる十六人

須川邦彦著

新潮社版

7200

まえがき

日本は海の国であるのに、海国日本の少年たちの心に、海の息吹《いぶき》をほんとうにふきこむ読物のないのを、私はながいあいだ気にしていました。

ところが、昭和十六年十月から、少年クラブに、須川《すがわ》君の書いた私の無人島生活の話が、十三ヵ月つづけてのせられました。私は、毎月まちかねて読みましたが、読んでいるうちに、私は物語の中にすっかり引きこまれ、四十年の昔にかえって、無人島生活をしているのだと思うことが、いくどもありました。

私たちが無人島で難船したときは、日本の海の男として、あたりまえのことをしたのでしたが、須川君は、日本の作家に欠けている海の男としての体験があり、船長として大海原をじぶんの海のように航海して、海と船とをよく知っているので、たっしゃな筆で、興味深い読物に書かれたのです。

この物語を読んで、私は龍睡丸《りゅうすいまる》の十五人の人たちは、ほんとうにりっぱな人たちであったと、つくづく昔のことを思いうかべるのです。そして、昔、練習船帆船琴《こと》ノ緒《お》丸《まる》の実習学生時代の須川君のことも、思い出されます。

　だが、十六人の無人島生活をした人々で、今日生き残っているのは、私のほかにはほとんどないことを考えると、まことに心がさびしくなります。そしてこの物語の本こそ、今はこの世にいない同志の人たちには何よりの供養《くよう》となり、またつぎの時代を引きつぐべき少年諸君のために、りっぱな贈り物ができたと私は信じるのです。

　こういうわけで、昔、練習船時代に私が教えた学生の一人であった須川君が、私の昔話をよくおぼえていて、それを一つの物語に書いて、さらにこんどは一冊の本として出版されたことを、私は心からうれしく思います。

中《なか》川《がわ》倉《くら》吉《きち》

もくじ

痛快！　十六中年漂流記　椎名誠

イラスト　カミガキヒロフミ

無人島に生きる十六人

1

中川船長の話

これは、今から四十六年前、私が、東京高等商船学校の実習学生として、練習帆船琴《こと》ノ緒丸《おまる》に乗り組んでいたとき、私たちの教官であった、中川倉吉《なかがわくらきち》先生からきいた、先生の体験談で、私が、腹のそこからかんげきした、一生わすれられない話である。

四十六年前といえば、明治三十六年、五月だった。私たちの琴ノ緒丸は、千葉県の館山湾《たてやまわん》に碇泊《ていはく》していた。

この船は、大きさ八百トンのシップ型で、甲板から、空高くつき立った、三本の太い帆柱には、五本ずつの長い帆桁《ほげた》が、とりつけてあった。見あげる頭の上には、五本の帆桁が、一本に見えるほど、きちんとならんでいて、その先は、舷《げん》のそとに出ている。

船の後部に立っている、三本めの帆柱のねもとの、上甲板に、折椅子《おりいす》に腰かけた中川教官が、その前に、白い作業服をきて、甲板にあぐらを組んで、いっしんこめて聞きいる私たちに、東北なまりで熱心に話されたすがたが、いまでも目にうかぶ。

中川教官は、丈《たけ》は高くはないが、がっちりしたからだつき、日やけした顔。鼻下《びか》のまっ黒い太い八文字のひげは、まるで帆桁のように、いきおいよく左右にはりだしている。らんらんたる眼光。ときどき見えるまっ白い歯なみ。

いかめしい中に、あたたかい心があふれ出ていて、はなはだ失礼なたとえだが、かくばった顔の偉大なオットセイが、ゆうぜんと、岩に腰かけているのを思わせる。

そういえば、ねずみ色になった白の作業服で、甲板にあぐらを組み、息をつめて聞きいる、私たち三人の学生は、小さなアザラシのように見えたであろう。

中川教官は、青年時代、アメリカ捕鯨帆船《ほげいはんせん》に乗り組んで、鯨《くじら》を追い、帰朝後、ラッコ船の船長となって、北方の海に、オットセイやラッコをとり、それから、報効義会《ほうこうぎかい》の小帆船、龍睡丸《りゅうすいまる》の船長となられた。

この、報効義会というのは、郡司成忠《ぐんじしげただ》会長のもとに、会員は、日本の北のはて、千島列島先端の、占守島《しゅむしゅ》に住んで、千島の開拓につとめる団体で、龍睡丸は、占守島と、内地との連絡船として、島の人たちに、糧食その他《た》、必要品を送り、島でとれた産物を、内地に運びだす任務の船であった。

龍睡丸が、南の海で難破《なんぱ》してから、中川船長は、練習船琴ノ緒丸の、一等運転士となり、私たち海の青年に、猛訓練をあたえていられたのである。

私は、中川教官に、龍睡丸が遭難して、太平洋のまんなかの無人島に漂着《ひょうちゃく》したときの話をしていただきたいと、たびたびお願いをしていたが、それが、今やっとかなったのであった。

日はもう海にしずんで、館山湾も、夕もやにつつまれてしまった。ほかの学生は休日で、ほとんど上陸している、船内には、物音ひとつきこえない。

以下物語に、「私」とあるのは、中川教官のことである。

龍睡丸《りゅうすいまる》出動の目的

須川《すがわ》君には、長い間、無人島の話をしてくれと、せめられたね。今日はその約束をはたそう。

問題の龍睡丸というのは、七十六トン、二本マストのスクーナー型帆船で、占守島と内地との、連絡船であった。

占守島が、雪と氷にうずもれている冬の間は、島と内地との交通は、とだえてしまう。それで、秋から翌年《よくねん》の春まで、龍睡丸は、東京の大川口につないでおくのだった。これは、まったくむだなことで、そのうえ、船の番人だけをのこして、うでまえの達者な乗組員は、みな船からおろしてしまっていた。

だから、春になって、船がまた出動しようとして、急に乗組員をあつめても、なかなか思うような人は集められない。これは、龍睡丸にかぎらず、北日本の漁船や小帆船は、みな、こんなありさまであった。

そこで、船が、この冬ごもりをしている間に、南方の暖かい海、新鳥島《しんとりしま》から、小笠《おがさ》原《わら》諸島方面に出かけて行って、漁業を調査し、春になって、日本に帰ってくる計画をたてた。

もしこの結果がよければ、冬中つないでおく帆船や漁船が、二百隻《せき》もあったから、その船が、南方に出かけて働くことができる、これは、日本のために、ほんとにいいことだ。まず龍睡丸が、その糸口をさがしてこよう。こうして、私は立ちあがったのだ。それは、明治三十一年の秋であった。

私は、また、こんなことも考えていた。

日本の南東の端にある、新鳥島（この島は、北緯二十五度、東経百五十三度にあったのだが、火山島であるから、たぶん、噴火か何かで海底にしずんだのだろうといわれている）の近くに、グランパス島という島がある。これは昔、海賊《かいぞく》の基地であって、そんな島は、ないという捕鯨船の船長もあるし、いや、あるという船長もあって、めったに船の行かないところであるが、この方面の海に注目している人々の間には、問題となっていた島である。

ともかくも、この島を見つけたら、日本のためにたいへんいいことになる。そればかりか、海賊の秘密の基地であるから、運がよければ、かれらが、うずめてかくしておいた宝物《たからもの》を、発見できるかもしれない。

この海賊島を発見したら、私はここを基地として、島も、まわりの海も、思うぞんぶん調査しよう。そうして、この島に畑を作って、新しい野菜をとり、昔から帆船航海者が苦しめられた、野菜の不足からおこる、おそろしい壊血病を、予防しよう。こう考えて、野菜の種を、たくさんに用意した。

それからもう一つ、南の海には、龍涎香《りゅうぜんこう》といって、大きなくらげのようなかたまりが、海にういているのを拾うことがある。また、無人島の海岸に打ちあげられているのを、発見することもあるのだ。

これは、まっこう鯨の体内から出るもので、香水の原料となる。それが、たいへん高価なもので、品質によっては、一グラムの価《あたい》が、金一グラムにひとしいものもある。そして、百キログラムぐらいの大きなかたまりもあった。

こんなのを、二つ三つ拾えるかもしれない、と、こんなことも考えていた。じっさい、昔から、大きなかたまりをひろった話は、すくなくないのだ。

探検船の準備

船が、大洋に乗りだしたら、何ヵ月も陸地につかず、また、どんな大しけにあっても、それにたえて行かなければならない。出船の準備は、第一に、船体を丈夫に修繕し、船具は強いものと取りかえた。

ひろい海を航海するのに、なくてはならぬ海図と、海や島や海流のことなど、くわしく説明してある海の案内書、すなわち水路誌。船の位置を計る、各種の航海用精密機械は、外国からも取りよせたり、海軍や商船学校からも借りた。六分儀《ろくぶんぎ》が三個。経線儀《けいせんぎ》（精確な時計）が二個。羅針儀《らしんぎ》も、すばらしいものをすえつけた。みな、漁船にはりっぱすぎるものばかりであった。

乗組員は、いずれも一つぶよりの海の勇士である。運転士、榊原《さかきばら》作太郎。この人は、十何年も遠洋漁業に力をつくしていて、船長をしたり、運転士をしたり、またある時は、水夫長もしたことのある、めずらしい経験家である。そのうえ、品行の正しい、りっぱな人格者。まったく、たよりになる参謀であった。

漁業長の鈴木孝吉郎。この人は、伊豆《いず》七島から、小笠原《おがさわら》諸島にかけて、漁業には深い経験のある漁夫出身者で、いくどか難船したこともあり、いつも新しいことを工夫する、遠洋漁業調査には、なくてはならぬ、第一線の部隊長であった。

それから、実地の経験からきたえあげた、人なみはずれた腕まえを持ちながら、温厚な水夫長。

このほか、報効義会《ほうこうぎかい》の会員四名。この人たちは、占守島《しゅむしゅ》に何年か冬ごもりをして、多くの艱難辛苦《かんなんしんく》をなめて、漁業には、りっぱな体験をもった人々。

二名の練習生は、水産講習所出身で、これから、海上の実習と研究とをつんで、将来は、水産日本に大きな働きをみせようとこころざす、けなげな青年。

小笠原島の帰化人が三名。この人たちは、昔のアメリカ捕鯨船員の血をうけていて、無人島小笠原が、外国捕鯨船の基地となってから、上陸して住んでいたが、明治八年に、小笠原島が日本の領土となった後も、日本をしたって、心から日本人となった、生まれながらの海の男。

このほかに、水夫と漁夫が三人。この十五人の人たちは、真心をつくして、私の手足となって働いてくれた。

船には、お医者が乗っていないのがふつうであった。それで、遠洋航海の帆船には、ときどき恐しいことがあった。

日の出丸という、オットセイ猟船は、船員が、一人残らず天然痘《てんねんとう》にかかって、全滅というときに、運よくも海岸に流れついて助かった。

また、松坂丸という、南洋貿易の帆船は、乗組員が、みんな脚気《かっけ》になって、動けなくなり、やっと三人だけが、どうやら甲板をはいまわって働き、小笠原島へ流れついた。これににた船の話は、たくさんにある。

日本の船の人は、白米のご飯をたべるから、脚気になって、海のまん中で、ひどい目にあうことが多かった。

そこで龍睡丸《りゅうすいまる》では、このおそろしい脚気を予防するため、全員、麦飯をたべることを約束した。

麦飯はまずい。しかし、国家のため、遠く黒潮に乗りだして行くのだ。麦飯は、からだを強くする薬と思ってたべよう。

　この意気ごみで、米と麦と、半々の飯をたべた。

　その他の糧食《りょうしょく》も、ぜいたくなものは、海の勇士にはふむきである。安くて、栄養が多くて、ながい月日、熱帯の航海にもたくわえられるものを、苦心してえらび、糧食庫につみこんだ。

　それから、思いきって実行したのは、

「けっして酒を飲みません」

と、全員がかたくちかったことであった。

　お医者にたのんで、全員の健康診断をしてから、種痘《しゅとう》をしてもらった。船でお医者のかわりをするのは、船長の私だ。そこで、船で必要な薬品や、医療器具を、じゅうぶんにそなえつけた。

　海にうかぶ船の上では、命のつぎにかぞえられるのが、飲料水である。わるい飲み水は、病気のもとにもなる。

　それで、大小二個の清水《せいすい》タンクを造って、よい飲料水を、横須賀《よこすか》の海軍専用の水道から、分けてもらうことにした。

　衣服は、そまつなものでいいから、たくさんに用意させて、いつも、いちばんわるいものを着るようにさせた。

寝具には、とくべつに注意して、全員毛布を用いることにした。これは、ふつう、ふとんを用いている漁船としては、めずらしいことで、衛生上の大改善であったのだ。

この航海の目的は、漁業調査である。漁具の用意に力をいれたことは、いうまでもない。

ふかつり道具と、ふかの油をしぼる道具を取りそろえた。ふかのつり針、つり糸、えさは、じっさいに研究しなければならないので、日本の沿岸で使うもの、小笠原島方面で使うもの、外国で使うものを、ひきくらべて研究するため、各国のものを集めた。

海がめをとらえる道具も、小笠原島方面と、南洋原住民の使うものとを用意し、また、かめの油をしぼる釜《かま》もそなえた。

鯨をとってやろうと、大きなまっこう鯨をめあてにして、捕鯨用具を一とおりそろえた。鯨を見つけたら、伝馬船《てんません》と漁船で、鯨に突進して、銛《もり》、手槍《てやり》、爆裂弾《ばくれつだん》をつけた銛を、鯨にうちこんで、鯨と白兵戦をやって、しとめるのである。

船長の私は、鯨とりの経験がある。帰化人たちは、鯨とりの子孫だ。この人たちは、どうか大鯨に出あいますように、といいながら、銛の手入れをいつもしていた。

大西風

すっかり用意ができて、明治三十一年十二月二十八日、東京の大川口を出帆して、翌日、横須賀軍港に入港。海軍の水道から、いのちの水をもらって、大小の水タンクをいっぱいにしてから、いよいよ、元気に帆をまきあげて、太平洋へ乗りだした。

元旦《がんたん》の初日の出を、伊豆《いず》近海におがみ、青空に神々《こうごう》しくそびえる富士山を、見かえり見かえり、希望にもえる十六人をのせた龍睡丸《りゅうすいまる》は、追《おい》手《て》の風を帆にうけて、南へ南へと進んで行った。

一日一日と航海をつづけて、一月十七日には、目的の、新鳥島《しんとりしま》付近にきていた。

この日の朝は、濛気《もうき》が四方に立ちこめて、水平線ははっきり見えなかったが、海鳥は船のまわりを飛びかわし、その数は、だんだん多くなってきた。八時ごろになると、海水が、いままで、ききょう色の黒潮であったものが、急に緑白色にかわった。島が近くなったにちがいない。海の深さをはかってみると、十七尋《ひろ》(三十一メートル)。海底は、珊瑚《さんご》質《しつ》であることがわかった。

「島」

見張当番が、大声でさけんで、右手を、力いっぱいのばして、指さしている。うすい牛乳のような濛気を通して、うす墨でかいた、岩のようなものが、ちらっと見えたと思ったら、もう何も見えない。

私は、濛気が晴れるまで、錨《いかり》を入れて、碇泊《ていはく》する決心をし、小錨《しょうびょう》に太い索《つな》をつけて投げ入れた。

ところが、海底は珊瑚質の岩で、錨の爪《つめ》がすべって船はとまらない。錨をがりがり引きずって、船は潮に流される。そこで、小錨を引きあげて、この索にもう一つ、小錨より大きな中錨をつけて、二ついっしょに投げこむと、二つの錨は海底をよく掻《か》いて、船は止った。

「さあ。ふかつりだ」

船が碇泊すると、すぐにふかつりをはじめた。

すると突然、つよく西風が吹きだした。びゅうびゅうと、帆柱や索具《さくぐ》にふきつけて、海面には白波がたちさわぎ、船体は、大西風に強くふかれて、錨索《いかりづな》がぴいんと張りきると、

ぷつり。

ぶきみな音がして、太い錨索は切れてしまった。すぐに、左舷《さげん》の、太い鎖のついた大錨が投げこまれて船は止った。

そこですぐに、伝馬船《てんません》を、大風にさわぎだした海におろして、索の切れた錨の、引きあげ作業をはじめた。それは、錨には、大きな浮標《うき》のついた、丈夫な索がしばりつけてあって、錨索が切れても、この浮標の索を引っぱって、錨をあげられるようにしてあるのだ。

伝馬船の人たちは、錨をあげようと、一生けんめいに働くけれども、あがらない。二つの錨は、岩のわれめにでも、しっかりとはさまっているのであろう。大西風は、いよいよふきすさんでくる。波がだんだん大きくなって、伝馬船の人たちは、波をあびどおしで、作業をつづけるのはあぶなくなったので、錨の引きあげは、とうとう中

止した。

しかし、ふかつりの方は成績がよく、三時間も錨作業をしているうちに、二メートルもある大ふか数十尾を甲板につみあげた。

大西風のふきつづくうちに、時はすぎて、午後四時ごろとなると、どうしたことか、急に、船が流れ出した。

錨の鎖をまきあげてみると、錨がない。鎖は、錨にちかいところから切れていた。なんという、錨に故障のある日であろう。七時間に、小、中、大、三個の錨をなくしてしまったのである。

こうなってはしかたがない。帆をまきあげて、避難の帆走をはじめた。大風にくるいだした大波は、船をめちゃめちゃにゆり動かし、翌、十八日の夜明けごろには、前方の帆柱《ほばしら》の、太い支索《しさく》がゆるんでしまった。しかし、仮修繕はできた。

大西風は、いよいよ猛烈にふきつづいて、その日の夜中に、前方の帆柱は、上の方が折れてしまった。そして、甲板の下では、飲料水タンクの大きいのがこわれて、水がすっかり流れ出して、小さなタンク一つの水が、十六人の、生命の泉となってしまったのである。

総員は、ふきすさぶ大風と、大波にもまれながら、夜どおし、帆柱の仮修繕に働いて、夜明けに修繕はできあがったが、今はもう、追手に風をうけて走るより方法がない、そこで、東北東に向かって船を走らせた。

大西風は、一週間もふきつづいて、二十四日正午には、新鳥島から、数百カイリも東の方、くわしくいえば、東経百七十度のあたりまで、ふき流されてしまった。

もう、海賊島《かいぞくとう》の探検《たんけん》どころではない。日本へ帰ろうとすれば、この大西風にさからって、千カイリ以上も、大風と大波とをあいてに、折れた帆柱、ゆるんだ索具の小帆船が、戦わなければならない。遠いけれども、追手の風で、ハワイ諸島のホノルル港に避難して、修繕を完全にして、じゅうぶんの航海準備をととのえて、日本へ帰るのが、いちばんたしかな方法だ。急がばまわれとは、このことだ。

また、ホノルルに向かえば、途中は島づたいに行ける。まんいち、食糧がなくなっても、魚をつってたべ、島にあがって清水《せいすい》もくめよう。いよいよ水がなくなったら、この島々にたくさんいる、海がめの水を飲もう。海がめは、腹のなかに、一リットルから二リットルぐらいの、清水を持っているのだ。

この島々の付近には、北東貿易風《ほうえきふう》（一年中、きまって北東からふいている風）がふいている。もし、大西風がやんで、反対に北東貿易風がふきだしても、この風になら、さからって船を進めることができる。こう決心して、ホノルルに針路を向けた。

しかし、できるだけ早く飲料水《いんりょうすい》がほしいので、いちばん近い島、すなわち、ハワイ諸島のミッドウェー島に行こうとした。

ミッドウェー島は、ホノルル港から、約千カイリ、ハワイ諸島の西端の島で、島は、海面から、約十二メートルの高さであるが、すこしほれば清水《しみず》がわきでるから、この島で、まず飲料水をつみこむことを考えた。だが、大西風が強すぎて、とても行けない。しかたがないからあきらめて、ホノルルに向かった。

それから毎日、龍睡丸は走りつづけて、十一日めの二月四日に、はじめてハワイ諸島の島を見てからは、三、四日めごとには島を見て、島づたいに進んだ。なによりも飲料水がほしいので、島の近くにくると漁船をおろして、水をさがしにでかけたが、波が荒くて、島に上陸ができず、また、上陸のできた島には、水がなかった。

しかし、これらの無人島では、大きな海がめ、背の甲が一メートルぐらいの正覚坊《しょうがくぼう》（アオウミガメ）が手あたりしだいにとらえられ、おまけにその肉は、牛肉よりもおいしく、また、どの島のちかくでも、二メートル以上のふかが、いくらでもつれた。

こうして、はてもない空と水ばかりを見て、帆走《はんそう》をつづけ、二月もすぎて、三月十五日となった。この日の午後二時、西北の水平線に、一筋たちのぼる黒煙をみとめた。汽船だ。

万国信号旗を用意して、汽船の近づくのをまっていた。それには、わけがあるのだ。機械の力で走る汽船は、風や海流にかまわず、目的の方向に一直線に走れる。速力もわかっている。それだから、自分の船のいるところは、大洋のまん中でも、どこかわかっている。しかし帆船では、風を働かせて船を進めるのだから、風のふく方向や、風の強さ、それから海流などに、じゃまをされて、汽船のようには進めない。

それで、大海原《おおうなばら》で、帆船が汽船に出あうと、

「ここはどこですか」

と聞くのだ。これは、世界の海の人のならわしである。

水平線の一筋の煙は、太く濃くなって、やがて、帆柱、煙突、船体が、だんだんに水平線からうきだしてきて、近くなった。私たちは、大きな日の丸の旗を、船尾にあげた。船は小さくとも、日本の船だ。十六人の乗組員は、日本国民を代表しているのだ。むこうの汽船では、アメリカの旗をあげた。

午後三時四十分、両船の距離は八百メートルとなった。本船は、帆柱に万国信号旗をあげて、汽船に信号した。

「汝《なんじ》の経緯を示せ」

汽船は、わが信号に応《こた》えて、多くの信号旗をあげた。その信号旗の意味をつづると、

「西経百六十五度、北緯二十五度」

これで、本船のたしかな位置がわかった。

「汝に謝す」

お礼の信号をすると、

「愉快なる航海を祈る」

汽船はこの信号をあげつつ、ゆうゆう帆走する本船をおきざりにして、どんどん遠ざかり、やがて、水平線のあなたに、すがたをかくしてしまった。

こうなると、汽船と帆船とは、うさぎとかめの競走である。かめの本船は、ここで、針路をまっすぐにホノルルに向けた。


二十二日の朝、ホノルル沖についた。信号旗をあげて、港の水先案内人をよび、曳《ひき》船《ぶね》にひかれて、龍睡丸は港内にはいって、碇泊した。

私は上陸して、ホノルル日本領事館にいって、領事に、海難報告書を出して、避難のため、この港へ入港したわけを説明して、べつに英文の海難報告書を、領事の手を

へて、ホノルルの役所へとどけてもらった。

世界の海員のお手本

　こうして龍睡丸《りゅうすいまる》は、ぶじに避難ができた。しかし、こまったことになった。船の大修繕をしなければならない。錨《いかり》を買い、糧食をつみこまなくてはならない。それだのに、龍睡丸には、準備金がないのだ。

　まさか、こんな外国の港で、大修繕をしたり、糧食を買い入れようとは、夢にも思わなかった。もともと、龍睡丸の持主の報効義会《ほうこうぎかい》は、貧乏な団体であるため、冬の間、南の海で、ふかや海がめ、海鳥をうんととらえて、できればまっこう鯨もとって、利益をえようというのが、この航海の目的であったのだ。

　ついに私は、ホノルルの在留日本人に、一文なしでこまっているのだと、うちあけて相談すると、

「御同情します。われらも日本人だ、なんとかしましょう」

　と、ありがたいことばである。そして、日本字新聞は、「龍睡丸義捐金《ぎえんきん》募集」をしてくれたが、このとき、ホノルルの外国人のあいだには、へんなうわさがひろがった。

「あの船を見ろ。日本の小さな帆船のくせに、あんな大きな日の丸の旗をあげたりして、なまいきなやつらだ。避難の入港だなぞといっているが、ホノルルへ入港するまえに、沿岸定期の小蒸気船を、追いこしたというではないか。大しけにあったなんて、税金のがれのうそつきだよ」

ホノルルには、各国人がいて、こんなうわさをした。

そしてやがて、港の役所から、

「至急、船長自身出頭せらるべし」

という書面が、港に碇泊《ていはく》している龍睡丸に、とどいた。

私が上陸して、役所に出かけて行くと、案内されたのは、大きなりっぱな部屋であった。正面に、太平洋の、大きな海図がかけてあって、その前の大テーブルに向かって、三人のアメリカ人の役人が、椅子《いす》に腰かけて、がんばっていた。

私が、ずかずかと室にはいって行くと、役人は立ちあがって、握手をして、一とおりのあいさつがすむと、

「船長。さあ、おかけなさい」

と、一つの椅子をすすめた。私は、それに腰かけて、三人の役人と、大テーブルをはさんで向かいあった。その大テーブルの上には、海図がひろげてあった。

すぐに、役人の一人が、

「船長。あなたは、避難のため、ホノルルに入港したと、とどけ出ましたね」

と、静かに、しかしきびしく、いいだした。そして、私の返事も待たず、テーブルの上の海図を指さして、

「しかし、この海図をごらんなさい。あなたの船は、ここで錨《いかり》を失い、大西風のため、帆柱が折れ、水タンクもやぶれて、ここまで流されたと、報告されているが、このへんから、海流は、北東から流れているし、北東貿易風もふいているはずだ。ぎゃくの海流と、風とを乗りきって、二千カイリにちかい航海のできる小帆船が、遭難《そうなん》船といえますか。それにまた、沿岸定期の蒸気船を、ホノルル入港まえに、追いこしたではありませんか。あなたの海難報告書は、うそだ。うその報告書は、受け取るわけにはいきません」

と、さきに私が、日本領事館を通じてとどけておいた、英文の海難報告書を、私の前につきかえした。

まったく、意外であった。そして、腹が立った。しかし、君らも、外国へ行く人だ、将来、これににたことに出あうだろうが、こんな時、おこったら負けだ。話せばわかることなのだ。

そこで私は、遭難したありさまを、はじめから、ゆっくりと、くわしく説明した。いや、教えてやったのだ。ことは、全日本船の信用にかかわる大問題だ。いや、ハワイ在留の日本人の名誉と信用にかかわるのだ。私は、一生けんめい、真心をもって、事実をわからせようとした。そして最後に、

「これでもあなた方は、この海難報告書を、うそといわれるか」

と、念をおした。

誠は天に通ずるという。そのとおりだ。アメリカの役人は、三人とも、立ちあがった。そして、そのなかの一人は、大きな手をさしのべて、いきなり私の手を、かたくにぎって、強く動かしつつ、いった。

「船長。よくわかった」

三人のいかめしい顔は、にこにこ顔になった。もう一人の役人がいった。

「よし、われわれは、船長の同情者になろう。そうだ、同情の手はじめに、入港税、碇泊船税、また、水先案内料と、曳船《ひきぶね》料金は、役所から寄付しよう。そのほか、なにか助力することはないか」

私はそこで、

「さしあたって、よい飲料水がほしい」

といういうと、

「なに、よい飲料水。たやすいことだ。水船《みずぶね》は、船長が船に帰るまえに、龍睡丸に横づけになっているだろう。電話で、すぐ命令を出すから……」

といった。

私は役所を出ると、すぐその足で、この始末を報告のため、日本領事館へ行った。領事は、

「それはよかった。それから、あなたの船の修繕費は、全部、在留日本人が、寄付することにきまりましたから、安心して、じゅうぶんに修繕してください」

と、いわれた。これを聞いたときは、同胞のありがたさが、まったく骨身にしみた。そして、その金額は、一週間であつまった。

こうして、ホノルルの役人の、思いちがいを正して以来、龍睡丸のひょうばんは、急によくなって、外国新聞が、毎日なにか、私たちをほめた記事を、のせはじめた。それは、龍睡丸の乗組員の、礼儀正しいこと、品行も規律も正しいこと、全乗組員が、一てきも酒を飲まぬことであった。

世界中の海員の親友は、酒である。外国人は、みんなそう信じていた。ところが、

龍睡丸の連中《れんじゅう》が、酒と絶交している事実を見せていたのだ。外国人は、このことに、まったくびっくりしてしまったのである。

ちょうどこの時、ホノルルの港には、アメリカの耶蘇《ヤソ》教布教船が、碇泊していた。そして、この船は、キリスト教をひろめるための船で、南洋方面へ行く用意をしていた。そして、船の仕事が仕事なので、品行の正しい、禁酒の海員をほしがっていた。しかし、世界中に、そんな海員がいるはずがない。こう思いこんでいるところへ、龍睡丸乗組員のひょうばんである。そこで布教船では、龍睡丸の乗組員の、運転士をはじめ、水夫、漁夫までも、じぶんの船へ引っぱろうとした。

そしてかれらは、

「龍睡丸のような船では、また遭難するだろう。こんどは助からないぞ。月給は安いだろう。食物は麦飯か。気のどくなことだ。ところが布教船では、毎日、三度の飯は洋食だよ。月給はうんと高い。そのうえ、制服と靴と帽子が、年に四回もでる。船は大きくてきれいで、部屋は一人部屋だ。風呂《ふろ》は毎日はいれるし、水はふんだんに使えるんだ。航海は、しけ知らずの碇泊ばっかり。それに、お説教が毎日きかれる。どうだ、龍睡丸から下船してしまえ。こっちへ来れば、毎月、国もとへ送金ができる。親孝行になる」

こんなことをいっては、龍睡丸乗組員の心を、動かそうとした。しかし、われら十六人の心は、びくともしなかった。

これがまた、ひじょうに外国人を感動させ、「龍睡丸乗組員は、世界の海員のお手本だ」といって、日本領事館に、龍睡丸の義捐金を申しこんだり、品物の寄贈を申しこんできた。

領事は、

「御好意はありがたいが、船の修繕は、日本人だけですることになっているから、金銭はお受けしません。品物だけは、龍睡丸へ送りましょう」

と、外国人の義捐金は、きっぱりとことわった。

こうして、船の修繕は、順調にすすんで、いよいよ四月四日、出帆ときまった。

二週間まえの龍睡丸は、折れた帆柱、はさみをなくしたカニのように、錨をうしない、水タンクはこわれて、傷だらけな、みじめな船として、入港したのであったが、今は、新しい帆柱が高くたち、錨もそろった。何から何まで、丈夫に修繕ができあがり、生まれかわった元気なすがたになったのだ。

四月四日の朝となった。龍睡丸には、水先案内人が乗り組み、港の曳船にひかれて、

いよいよ港外に向かった。

大日章旗《だいにっしょうき》が、船尾にひるがえっている。これもみな、兄弟である日本人と、友である外国人たちの、あたたかい心によるものだ。港に碇泊している外国船の人たちも、甲板に出て、曳船にひかれて出て行くわが龍睡丸へ、帽子をふり、手をあげて、見送ってくれるではないか。

黒煙をあげて走る曳船は、港の口から外海《そとうみ》に、龍睡丸を、ひきだした。港外には、いい風がふいている。

曳船と龍睡丸をつなぐ、曳索《ひきづな》をはなった。水先案内人は、それではと、私とかたい握手をして、

「では、ごきげんよう船長。愉快な航海をつづけて、たくさんのえものをつんで、日本に安着してください」

といって、龍睡丸が舷側《げんそく》にひいてきた、水先ボートに、乗りうつろうとして、大きな声でさけんだ。

「郵便をだす人はないか。故郷へ、手紙を出す人はないか。これが最終便だよう――」

しんせつな水先案内人のことばだ。もう龍睡丸は、日本につくまで、何ヵ月の間、

手紙を出すてだてはないのだ。

「ありがとう。もう、みんな出しました」

それでかれは、にっこりうなずいて、手をあげた。そして、曳船に、こんどは、自分の小さな水先ボートをひかせて、港へ帰っていった。

見かえる港も、だんだん遠くなる。さらば、ホノルルの港よ。思いがけないことで、多くの内外人から受けた好意を、しみじみありがたいと思うにつけても、心にかかるのは、占守島《しゅむしゅ》の人たちだ。どんなに、龍睡丸を待っていることであろう。もう、矢のように飛んで帰らなくては——しかし、私たちのゆくてには、思いがけない運命が、待っていたのだ。

故国日本へ

龍睡丸《りゅうすいまる》は、いまこそ、大自然のふところにいだかれて、大海原の波の上に勇ましくうかんだ。そして、気もちよくふく風に帆をはって、ハワイ諸島の無人の島々にそって進む航路に、船首を向けた。

まっすぐに日本に向かうと、距離は近くなるが、とちゅう、海が深くて、魚がすくない。それで、まわりみちではあるが、島をつたって、進むことにしたのだ。

それは、この島々のまわりには、魚や鳥が、多くいるにちがいないから、そのようすを、よく調査するのと、もう一つは、昔は、このへんの島近くに、まっこう鯨《くじら》が多くいた。それを追いかけた捕鯨船が、無人の小島を、発見したこともあったのだ。それだのに近ごろは、まっこう鯨が、いっこうにすがたを見せなくなってしまった。それはたぶん、鯨のたべものであるイカやタコが、このへんにいなくなったのであろう。あるいは、海流がかわると、鯨もいなくなることがあるから、海流がかわったのかもしれない。そういうことも調べてみたい。

もし、鯨が見つかったら、どんなに勇ましい、鯨漁ができるであろう。たのしみの一つに、これが加えてあった。

それから、飲料水についても、考えねばならなかった。タンクは、大小二個あるといっても、船が小さい。もし、飲料水がなくなった場合、どの島にも、水があるわけではない。ミッドウェー島に船をよせて、清水《せいすい》をくみこんで行こう。これも、島づたいに行く、理由の一つであった。

しかし、島づたいといっても、一つの島からつぎの島へは、帆船であるから、風のつごうにもよるが、三日も四日もかかるのである。

さて、どの島でも、近くに行くと、魚がたくさんいた。また、海鳥――アホウドリ――が、たいへんにむらがっていて、ふかもよくつれた。しかし、いくら漁があるからといっても、一つ島でぐずぐずしてはいられない。一日も早く帰らなければならない急ぎの航海だ。島々をしらべることも、適当にきりあげては進んだ。

はじめに見たのが、ニイホウ島であった。荒れはてた、岩ばかりの島で、人は住んでいない。しかし、大昔には、人が住んでいたので、ひくい石の壁でかこまれた、式場らしいところや、たくさんの石像《せきぞう》が残っているし、また、昔、船で渡ってきた人たちが残していったものもあって、博物館のような島である。海鳥も、魚も、多かった。

つぎに見たのは、海底火山《かいていかざん》がふきだした熔岩《ようがん》でできた、ごつごつの島であった。島の根は、海中にするどくつき立って、あくまで、波と戦っていた。

大洋からおしよせる青い波の大軍は、一列横隊となって、規則正しく、間隔をおいて、あとからあとから、岩の城めがけて、突進し、すて身のたいあたりをする。そのひびきは、島をゆるがし、まっ白にくだけた波は、くずれ落ちて、岩の根にくいつく。また、はねあがるしぶきは、高い絶壁をおおい、熱帯の強い日光があたって、絶壁の肩に、七色の虹《にじ》をかけている。このたたかいは、はてもなく、くりかえされているのである。

船の人たちは、ときどき、こんなことを、まのあたりに見て、今さらのように、大自然の力強さを、しみじみと教えられるのである。そうして、この自然の力にくらべれば、人間の力は、よわいものだとわかればこそ、かえって、精神力が、ふるいたつのであった。

荒い岩山には、ぽかっと、まっ黒な岩窟《がんくつ》らしい穴が、あちこちに見える。たくさんの海鳥が、あやしい鳴声をして、みだれ飛んでいる。岩に、つばさを休めている海鳥のすがたも、やさしくは見えない。この島は、ネッカーとよぶ、無人島であった。

それは午前十時ごろであった。つりをはじめると、ふかが大漁である。やつぎばやに、大きなのがつれる。

三メートルもあるふかを、たくみに甲板にひきあげるのは、見ていても痛快だ。しかし、つり針を大きな口からはずすときの、手の用心。甲板にころがしてからは、足の用心。ちょっとのゆだんもできない。するどい歯でがぶりやられたら、手も足も、きれいに食い切られてしまう。魚つりというよりは、大きさといい、猛烈さといい、猛獣狩《もうじゅうがり》とでもいう気分である。

帆柱の根もとで、甲板につまれたふかから、せっせと、ひれを切りとっていたのは、北海道国後《くなしり》島生まれの漁夫、国後であった。肩はばのひろい、太い手足、まる顔のわか者である。かれと向かいあって、ひれのしまつをしているのは、帰化人の小笠原《おがさわら》であった。青い目で、ひげむしゃの小笠原は、五十五歳の、老練な鯨とりで、この船のなかでは、最年長者。青年船員からは、父親のように親しまれて、「おやじさん」とか、「小笠原老人」とかよばれている、ほんとうの海の男である。

国後は、島を見ていたが、

「ねえ、おやじさん、あの島は、なんだかすごい島だね」

というと、小笠原は、

「うん、ただの島じゃないよ。それについちゃあ、話があるんだよ」

と、ひれをにぎったまま、島を見つめた。

このことばを、通りがかった、浅野練習生と、秋田練習生が、聞きとがめた。二人の練習生は、いま、船長室で、午前の学科を終って、ノートと書籍をかかえて、船首の自室へ、ころがっているふかを、よけたり、またいだりしながら、帰るとちゅうであった。

「おやじさん。何か、わけがあるのかい、岩でごつごつのこの島には」

「そうだよ。わかい生徒さんなんかは、聞かないほうがいいんだ」

浅野練習生は、首をつきだした。

「教えてくれたまえ。なんでも聞け、それが勉強だ。船長が、いつでもいわれるじゃないか。ねえ、おやじさん」

「そうだなあ――話しておくほうがいい、なあ」

小笠原は、立ちあがって、島を指さした。

「いいかい、あの山は、八十四メートルの高さだ。無人島だが、大昔に、人が住んでいた跡があるんだ。それよりも、あの山に、三十いくつの墓石が、ならんでいるのだよ」

「三十いくつの墓石」

「それはね、昔、外国船の難破した人たちが、この無人島に流れついて、七年間も、岩窟《がんくつ》に住んでいた。そして、うえ死にしたということだ」

浅野も、秋田も、国後も、あらためて、岩山のいただきを見つめた。

南海の強い日光に、岩のかたまりは悪魔のような影がつけられ、そのあたりを、一陣のあらしのように飛びさる、海鳥の群。

島の根もとに、がぶり、がぶり、とかみついている、波の白い牙《きば》。

故郷を遠く幾千カイリ、この無人の孤島に、三十いくつの立ちならぶ墓石となった人々のことを思って、秋田生徒は、うるんだ声でいった。

「七年も生きていて、うえ死にするなんて……魚がつれなくなったのかなあ――」

このとき、とつぜん、だれかがうしろから、生徒二人の、肩をたたいた。二人は、びっくりして、ふりかえると、漁業長が立っていた。

漁業長は、ポケットから、何枚かのビスケットをつかみ出して海へ投げた。船のまわりを飛んでいた海鳥の群が、もつれあって、さっと突進し、ビスケットを一枚のこさずくわえとり、舞いあがって、たべてしまった。

「どうして、鳥にえさをやるのですか」

浅野生徒がきくと、漁業長は、目顔で島をさして、

「島のお墓へ、そなえたのだよ」

「でも、鳥が、横どりしてしまいました」

「鳥がとっても、心は通るさ」

一同は、しんみりとして、島を見つめた。

小笠原が大きな声で、

「だれだって、おしまいはお墓だよ。あたりまえのことだ。しかし、えらいもんだ、七年もがんばったのだよ。まったくえらい。どうだい、わかい連中は、がんばれるかい」

三人の青年は、ほとんど同時に、

「がんばるとも、十年だって――」

「本船のわかい連中は、えらい。これで、おいらも安心したよ。あっはっはっは……」

小笠原老人は、めいった気分を、笑いとばしてしまった。

こういっているうちにも、船はよく走って、陰気な岩山も、怒濤《どとう》のひびきも、いつか後方はるか、水平線のかなたに、だんだん小さくなっていった。しかし、三人の青年船員の胸には、三十いくつの墓の話が、なかなか消えなかった。

――まさか、自分たちもそんなことに――

と、思うのではなかったが……

海がめの島、海鳥の島

いま、われらの龍睡丸《りゅうすいまる》は、波をけたてて、ハワイ諸島にそって、北西に進んで行く。ある日、夜が明けてみると、近くに、フレンチ・フリゲート礁《しょう》が見えるではないか。フレンチ・フリゲート礁とは三日月形をした大きな珊瑚礁《さんごしょう》で、この珊瑚礁のなかには、小さな砂の島が、いくつもならんでいた。私は、そのなかの一つの砂島をえらんで、龍睡丸を、その一カイリ沖に碇泊《ていはく》させた。

さっそく、島をしらべる一隊を上陸させるため、漁船をおろし、漁業長が、水夫と漁夫五人をつれて、砂島に上陸した。

漁船が、砂島につき、六人が上陸すると、黒い大きなものが、いくつも動いている。なんであろうかと近づいてみると、それは、甲羅の大きさが一メートルもある、海がめの正覚坊《しょうがくぼう》が、のそのそしているのであった。なかには、鼈甲《べっこう》がめ（タイマイ）もまじっていた。

「よし、みんなつかまえてしまえ」

一同は、海がめをかたっぱしから、あおむけにひっくりかえした。

これでかめは、重い甲羅を下にして、みじかい足や首を、ちゅうに動かすばかりで、どうすることもできないのだ。この大がめは、頭の方の力がたいへん強くて、頭の方からひっくりかえそうとすれば、大人が三、四人かかって、やっとだ。しかし、うし

ろの尾の方からなら、一人でころりとひっくりかえされるのだ。かめの重さは、百三十キログラムから、二百二十キログラムぐらいもあった。

このかめを、もっこに入れて、

「えっさ。こらしょ」

と、二人ずつでかついで、波うちぎわにつないである漁船に、つみこんだ。

みんなは、大漁にすっかり喜んでしまって、どんどんかめを運んだので、浜の漁船は、あおむけのかめがもりあがって、かめでいっぱいとなり、船べりから、波がはいりそうだ。

漁業長は、大声でどなった。

「もうたくさんだ。そんなにつむと、かめで船がしずむよ。なんべんにも、本船へ運べ」

本船では、私を先頭に、るす番が総出で、漁船が運んでくるかめを受け取っては、甲板に、あおむけにつみかさねて、大漁に大まんぞくであった。

この、海がめの珊瑚礁をあとに、本船はさらに北西に進んだ。

三角形の島で、頂上がまっ白い島の近くを通った。この島は、ガードナー島といって、草も木も生えていないが、頂上がまっ白いのは、鳥のふんであった。海鳥の多いこと、まったく鳥の島だ。遠くから見ると、むれ飛ぶ鳥で、空が白がすり、そうして、島は霜ふりに見える。

この島を通りこしてから、二日めのことである。ちょうど正午ごろ、水平線を見はっていた見張当番が、はるかな水平線に、髪の毛が二、三本生えているように見えるものを見つけた。これが、レサン島だ。

ひくい珊瑚島で、白い砂の上には、緑のつる草や雑草が、いちめんにしげっていて美しい。二本の椰子《やし》の木と、一本のイヌシデの木が立っているのが、この島の特徴で、航海者のいい目じるしになる。この島には、十何年もまえから、アメリカ人が、たくさんの労働者をつれて渡ってきて、大がかりで島のふんを採取しては、ハワイ島へ送って、サトウキビの肥料にしていた。

島のまわりの海には、魚がひじょうにたくさんいる。つまり、えさになる魚が多いから、鳥がむらがるのである。

龍睡丸が、ホノルルを出帆してから、いつしか一ヵ月以上の日がすぎて、無人島のリシャンスキー島に近くなったときは、五月の中ごろになっていた。

船を、リシャンスキー島の近くへよせて、錨《いかり》を入れ、ここで、船の位置を知るのに使う、精確な時計、経線儀が、正しいかどうかをしらべた。それは、午前、正午、午後に、太陽の高さを、六分儀ではかって、地球の緯度と経度とを計算して、しらべてみるのだが、われらの経線儀は、正確であった。

リシャンスキー島は、ひくい砂の島で、草も、小さな木も生えていて、海鳥、海がめ、魚がたくさんいた。島のぬしのような、何頭かのアザラシが、海岸にいたが、上陸したわれわれのすがたをみると、みんな海へにげてしまった。

この島の名まえは、ロシア語であって、西暦一八〇五年に、ロシアの帆船がこの島を発見した記念に、その船の船長の名まえを、島の名としたのだ。

この島を調査してから、さらに北西方の、ハワイ諸島のいちばんしまいの島、水の出る、ミッドウェー島に龍睡丸が向かったのは、五月十七日であった。

このとき、龍睡丸につんでいたえものは、ふか千尾、正覚坊三百二十頭、タイマイ二百頭と、たくさんの海鳥であった。

海鳥のなかでも、アホウドリは、いちばん大きな鳥である。肉は食用になるが、おいしいものではない。卵も食用になる。大きな尾羽は、西洋婦人帽のかざりになり、胸のやわらかい羽は、婦人コートの裏につけるのによい。そのほかの羽は、枕《まくら》やふとんにいれる材料として、輸出されるのである。

アホウドリが、海から飛びたつときは、風さえあれば、風に向かって、大きなつばさを左右にはったただけで、なんのぞうさもなく、ふわりと空中にうかびあがる。しかし、風のないときは、ほかの海鳥とおなじように、羽ばたきをつづけたり、足で水をかいて、水面を走るようなかっこうをして、飛びたつのである。

アホウドリは、陸上で、歩いたり、走ったりすることは、たいへんへたで、人が正面から向かって行くと、ただつばさをひろげただけで、どうすることもできない。その名のとおりの「アホウ」で、たちまち人にとらえられてしまう。それで、無人島にむらがっているこの鳥の大群も、上陸した船の人の太いぼうで、じきにうちとられてしまうのだ。

ともかくも、龍睡丸は大漁である。もうこれで、目的とする島々の調査もすんだ。

成績は優だ。ミッドウェー島で飲料水をつみこんだら、それから先は、まっすぐに大洋を走って、日本へ帰るのだ。

　龍睡丸のみんなは、勇みたってきた。

パール・エンド・ハーミーズ礁《しょう》

　リシャンスキー島をあとに、ミッドウェー島に向けて出発したあくる日、すなわち、十八日の正午に、船の位置をはかってみると、予定の航路より、二十カイリも北の方に流されていることがわかった。このへんの潮は、北へ北へと流れている。その潮流が、思ったよりも強く、船がこんなに流されたのだ。

　ミッドウェー島に行くのには、パール・エンド・ハーミーズ礁という、いくつかの、小島と暗礁《あんしょう》のむれの、南の方を航海しなければならない。この暗礁にぶつかったら、たいへんなので、船がもっと北の方に流されても、パール・エンド・ハーミーズ礁の、いちばん南の方へ出っぱっている暗礁を十カイリはなれて通ることになるように、船の針路をきめた。

　龍睡丸《りゅうすいまる》は、ホノルルを出帆してから、ずっとふきつづいている北東貿易風を総帆にうけて、ここちよく帆走して行った。

パール・エンド・ハーミーズ礁というのは、南北九カイリ半、東西十六カイリの、広い海面に散らばっている、いくつかのひくい珊瑚礁《さんごしよう》の小島と、暗礁の一群である。そして、この珊瑚礁には、昔から、たくさんの遭難談がつたわっている。そのなかの一つは——

西暦一八二二年四月二十六日の晩に、英国の捕鯨帆船、パール号とハーミーズ号の二隻《せき》が、おたがいに十カイリをへだてた小島に乗りあげて、船をこわしてしまった。その後、この二隻の難破船の乗組員たちは、一つ島に集まって、無人島生活をやった。そして、乗りあげてこわれた二隻の船の木材や板、釘《くぎ》をあつめて、みんなで力をあわせて、約三十トンの船をつくり、それに乗って、やっとハワイ島に着くことができた。その時から、この二隻の船の名、パール号、ハーミーズ号を、この一群の珊瑚礁の名として、パール・エンド・ハーミーズ礁というようになったのだ。

この二隻の捕鯨船が、木船であったから、こわれた船の木材で、小船をつくることができたが、もし鉄の船であったら、船をつくって、ハワイに行くことはできなかったろう。それに、昔の帆船の乗組員は、みんなきような人たちであって、たいがいの人は、大工の仕事ができたのである。

その、パール・エンド・ハーミーズ礁を、ぶじに通りすぎようと、龍睡丸は、よい風に帆をいっぱいにふくらませて、ミッドウェー島へと進んでいた。

やがて日がくれて、十八日の午後十時になった。そうすると、今までふいていた北東風が、急にぱったり凪《な》いで、風がまったくなくなってしまった。

風で走る帆船が、無風となっては、どうすることもできない。こういう時は、錨《いかり》を入れて碇泊《ていはく》すれば、いちばん安全である。

それで、錨を入れようと思って、海の深さをはからせると、とても深い。百二十尋《ひろ》（二百十九メートル）の深さまではかれる測深線《そくしんせん》が、海のそこへとどかない。つまり、海はたいへん深くて、百二十尋以上もあるのだ。

しかたなく、船を流しておくことにした。船は潮のまにまに、ぐんぐん流れて行く。

そのうちに、波のうねりが高くなってきた。船は、ぐらんぐらんとゆれはじめた。まっくらやみの海は、動けなくなった船を、いじめるように、波の大きなうねりをだんだん大きくして、船をゆり動かす。

当直を終って、一休みと、ねようとする人たちも、眠られないくらいに、船はゆれた。私は、たえず甲板に出ては、風がふいてはこないかと、空をながめた。

こうして、いやな夜は明けて、十九日の朝になったが、きのうの夜、風がやんでから天候がかわって雲がいちめんに空をおおって、太陽を見せない。

ちょっとでも太陽が見えたら、太陽をはかって船の位置を知ろうと、六分儀を用意して、私も運転士も、空ばかり眺めていた。じぶんの船が、どこにいるのかわからないくらい、いやな気もちのことはない。

それで、見はりを厳重にさせて、帆柱には、二人の見はり番をのぼらせた。二時間交代で、朝から晩まで、たえず四方を見はらせた。

もしや、水平線に島が見えないであろうか。海の色がかわっているところはないか。海鳥がむれ飛んでいるところはなかろうか。そういうものが見えたら、すぐ知らせるように、帆柱の上でも、甲板の上でも、船をぐるりと取りまく水平線を、みんなはするどく見まわすのであった。しかし、なんにも見えなかった。

このあたり熱帯の海では、天気のいいとき、帆柱の上から海面を見わたすと、水の色の変化によって、暗礁や浅いところを発見することができる。いちばんいいのは、太陽が水平線から高くて、そのうえ、光線をうしろの方から受けるときで、こんなときは、少しぐらい波があっても、暗礁や浅瀬の見わけがつく。

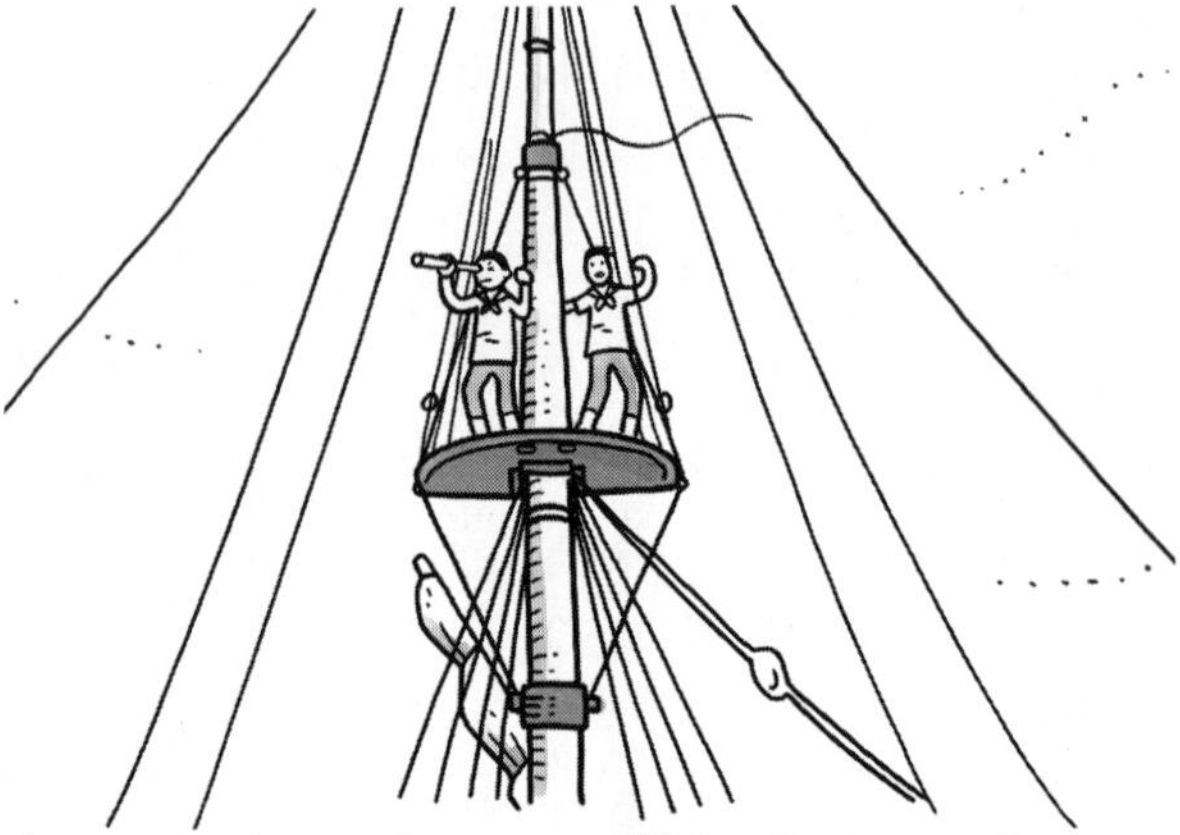

海の色は、おおよそのところ、一メートルぐらいのごく浅いところが、うすい褐色。十尋、十五尋（十八メートル―二十七メートル）ぐらいまでは、青みの多い緑色。深さをますにつれて青みがとれて、二十尋（三十六メートル）以上の深さは緑色。それ以上深くなると、こい緑色となり、三十尋（五十五メートル）以上では、藍色《あいいろ》。それからは黒っぽい色がましてくる。

また、海面にすれすれの暗礁は、波がぶつかって、白波がたっているので、発見することもある。

鳥がむれ飛んでいる下に、島があるのは、いうまでもない。もっとも、鳥は、魚のむれの上にも飛んでいるけれども、それは飛びかたでわかる。海鳥が、まるく、ぐるぐる飛んでいるときは、きっとその下に、魚群がいるのだ。

ともかく、海の浅いところへきたら、錨を入れることにして、錨の用意をして、深いと知りながらも、ときどき、海の深さをはかったが、測深線は海底にとどかない。潮の流れは速い。どうなることかとみんな心配していた。

ぶきみな、不愉快な十九日は、こうしてくれてしまった。

暗礁《あんしょう》をめがけて

夜空には、星ひとつ見えない。ひるま、黒ずんだ藍色の海が、もりあがり、またへこんで、船を動揺させたうねりは、まっ黒い夜の海に、いっそう大きく、上下に動いて、どこへ船をおし流して行くのであろうか。

大自然の、目に見えない縄でしばられたように、船と乗組員は、どうすることもできず、潮流の勝手にされている。うねりは、人間のよわさをあざ笑うように、船をゆすぶっている。こういうときの船長の苦心は、経験しない人には、いくら説明してもわかるまい。

船内に、時を知らせる夜半の時鐘が、八つ、かかん、かかん、とうち鳴らされた。この八点鐘が鳴りおわって、二十日の零時となった。

それから、一時間ぐらいたったときであった。私は、自分の部屋を出て、船尾の甲板で運転士と話していた。

「どうもこまったね。風はふきだしそうもない。ともかくも、つづけて深さをはからせてくれたまえ」

といっていると、すぐそばで、深さをはかっていた水夫が、

「百二十尋の測深線が、とどきました」

と、おどろいたような声で、報告した。

これを聞いたとたんに、私は、

「総員配置につけっ」

と、どなって、やすんでいる者を、みんな起させて、非常警戒をさせた。

海の深さを、すぐつづいてはからせると、

「六十尋」（百九メートル）との報告があった。

百二十尋が、たちまち六十尋と、浅くなっているのだ。これは、船が、パール・エンド・ハーミーズ礁《しょう》にちかづいている証拠だ。パール・エンド・ハーミーズの珊瑚礁《さんごしょう》は、きりたった岩で、深い海のそこから、屛風《びょうぶ》のように岩がつき立って、海面には、その頭を、ほんの少し出しているのだから、岩から半カイリぐらいのところでも、六

十尋の深さはあるのだ。

船が、パール・エンド・ハーミーズの暗礁におし流されて行くことは、もうのがれられないことになった。もっと浅いところへ行ったら、海の底が、砂でもどろでも岩でもかまわない、錨《いかり》を入れなければならない。私は、

「投錨用意《とうびょうようい》」

の号令をかけた。つづいて、

「四十尋」

「三十尋」

と、深さをはかっている者のさけぶ声。浅くなりかたが、とても急だ。船は、一秒、一秒、暗礁の方に流されて行くのである。

「二十尋」(三十六メートル)

もうあぶない。

「右舷《うげん》投錨」

の号令をくだした。

どぼん。がらがらがら……右舷の錨が、船首から海に落ち、つづいて錨の鎖の走り出すひびきも、いつもとはちがって聞える。事情は、まったく切迫している。

ところが、海底は岩で、錨の爪《つめ》がひっかからない。船は、錨をがらがらひきずって、なおも流されている。

浅い海底の岩にあたって、はねかえる波と、沖の方からうちよせる波が、深夜の海に、さわぎくるうのであろう。船の動きかたのはげしいこと、甲板《かんぱん》上の作業も、じゅうぶんにはできなくなった。

「錨が、ひけますっ」

のどもさけろとばかり、大声の報告だ。船は、錨で止らずに、暗礁へむかって、どんどん流されて行くのだ。あぶない。

「左舷投錨」

私は、すぐ号令した。左舷の錨も投げこまれた。二つの錨は、やっと海底を、岩を、しっかりとかいて、錨の鎖がぴいんとはった。

その時は、運転士と水夫長が、船首で錨をあつかい、船長の私は、船尾《せんび》甲板で、指揮をしていた。帆船には、船橋はない。帆にふくむ風のようすを見て、号令をくだすため、指揮者は、船尾にいるのがふつうである。

さて、錨の爪が海底をひっかいて、しっかりと止り、錨鎖《びょうさ》がぴいんとはれば、船首は、錨鎖にひき止められて、流れなくなる。そして、船尾の方が、ぐんぐん一方へまわりはじめて、まもなく、船ぜんたいが、錨の方に、まっすぐに向きなおって、碇泊《ていはく》のすがたになるのである。しかし、このようにして止った船首にうちあたる波の力は、動かぬ岩をうつ力とおなじに、強大なものである。

「錨鎖がはりました」

運転士が、大声で報告した。

「ようし」

私は、返事をした。まず、これでいいと思った。そのとたんに、どしいん。

大波が、船首をうった。船首に、津波《つなみ》のように、海水の大きなかたまりが、くずれこんだ。船は、ぐらっと動いた。

ぐゎっ。

はらの底に、しみわたるようなひびきが、船体につたわった。

「しまった。錨は鎖が切れたな」

と思うと同時に、はたせるかな、

「右舷錨鎖、切れました」

悲壮《ひそう》なさけびの報告。私が、返事をしようとする瞬間に、またしても、ぐゎっ。

腹に、びりっ、とこたえた。あ、二本とも切れたな、と思ったとき、

「左舷も切れた」

うなるようなさけびが、船首にあがった。もういけない。

「総員、予備錨用意」

私は、大声で号令した。これが、最後の手段なのだ。

「あっ」

ごう、ごう、ひびきが聞えてきた。まっくらやみで、まわりはなにも見えないが、岩と戦う波のひびきだ。

暗礁は近い。船は、切れた錨鎖を海底に引きずったまま、ぐんぐん岩の方へおし流されている。危険は、まったくせまってきた。あぶない。このままでは、船体は暗礁にぶつかって、めちゃめちゃにこわれてしまう。そして、沈没だ——

船の運命は、今はただ、まんいちの用意につんである、予備錨にかかっている。総員は必死に、予備錨の用意にとりかかった。

まだ、大波にゆられる、小船の上の経験のない君たちには、このときのようすは、想像もつくまい。なにしろ、まっくらやみで、まわりはなんにも見えない。夜中の一時すぎ、二時ちかくだ。

ふかい海から、力強く、ぐっとおしてくる大きなうねりが、海面に少し頭を出している暗礁に、すて身の体あたりでぶつかる。それがはねかえってきて、あとからあとから、間隔をおいておしよせる波と、ぶつかり、ごったがえして、三角波となり、たけりくるっている。そこへまた、どっとよせてくる大うねり。すべてが力を合わせて、船をゆすぶるのだ。ことばでいえば、

——おどりくるった波が、船を猛烈に動かす——

——怒濤《どとう》が、船をもみくちゃにする——

まあ、こんなものだが、じっさいはどうして、そんなものじゃない。

ことわっておくが、この大波は、大しけの荒波ではない。天気はおだやかで、風はないが、上下に動くうねり波がおしてきて、暗礁にはげしくうちあたるのだ。

総員は必死になって、予備錨用意の作業にかかっているが、前後左右に、はげしくかたむき動く甲板では、物につかまっていなければ、立ってもいられない。

それに、さきに投げ入れた、右舷と左舷の錨は、船首の左右に一つずつ、いつでも

使えるように備えつけてあったのだが、予備の大錨は、船首に近い上甲板に、しっかりしばってあるのだ。どんなに大波がうちこんでも、波にとられぬよう、いくら船が動いても、びくとも動かぬようになっている。もし、この錨が動いたら、甲板に大あなをあけるだろう。

その、予備錨をしばってある、小さな鎖と索《つな》とをといて、太い錨索《びょうさく》をつけて、海に投げこもうとするのだ。作業には、ちょっとのゆだんもできない。予備錨が、船のはげしい動きにつれて、ずるっ、と動いたら、足を折ったり、手を折ったりするけが人がでるだろう。

老練な水夫長。どんな危険がさしせまっても、びくともしない運転士。腕におぼえのある水夫が四人。ランプの光に、まったく必死の顔色で、予備錨の用意をしている。ほかの者は、太い錨索をひきだしている。

ごうっ、ごうっ、と、岩にうちあたる波の音は、いよいよ強くひびいてくる。

「あっ。まっ白にくだける波が見える」

「岩が近いぞ」

もうだめか——、船は、長くたれた錨鎖を海底に引きずっているので、船首を、おしよせる波の方へ向け、うしろむきに流されている。

大きな波が、船首を、ふわっ、ともちあげた。それが、船尾の方へ通りすぎ、船尾が、ぐっともちあがって、船首が前のめりにかたむいたときであった。

ばり、ばり、どしいん。

すごい大音響が船底におこり、甲板上の人たちは、あっと、倒れそうになった。

「やられたっ」

岩が、船底をつきぬいたのだ。甲板は、ひどい勢いでもちあがって、ポンプやタンクにかよっているパイプは、船底を岩がぶちやぶってもちあげたために、甲板から、飛び出してしまった。それと同時に、動かなくなった船に、大波の最初の体あたり。

どうん、ざぶりっ。

海水の大山が、甲板にくずれ落ち、うちあたる大力にまかせて、手あたりしだいに、なにかをうちこわして、滝のように甲板からあふれだす。そして、こわしたものを、残らずさらって行く。らんぼうな大波は、のべつにうちこんでくる。

予備錨の用意も、もうだめだ。ついに、パール・エンド・ハーミーズの暗礁の一つにうちあげられて、船の運命はきまったのだ。それは、夜明けもまだ遠い、午前二時ごろであった。

待ち遠しい夜明け

われらの龍睡丸《りゅうすいまる》は、暗礁《あんしょう》にうちあげられてしまった。しかし、岩が船底にくいこみ、船首が波の方に向いているので、すぐに船体がくだけて沈没するようなことはあるまい。もともと船は、船首で波をおしわけて進むので、船首は、波切りをよく、とくに丈夫につくられてあるものだ。

それでまず、夜の明けるまでは、持ちこたえられる見こみがあった。これがもし、船が横から波におそわれる向きになっていたら、すぐにも、くだけてしまったであろう。

私は、まっくらやみの甲板に、乗組員一同を集めて申しわたした。

「こんな場合の覚悟は、日ごろから、じゅうぶんにできているはずだ。この真のやみに、岩にくだけてくるう大波の中を、およいで上陸するのは、むだに命をすてることだ。夜が明けたら上陸する。あと三時間ほどのしんぼうだ。この間に、これからさき、五年、十年の無人島生活に必要だとおもう品々を、めいめいで、なんでも集めておけ」

波を、頭からかぶりながら、甲板にがんばって、これだけのことをいった。そして、大声で号令した。

「漁夫四人は、漁船をまもれ。しっかりしばれ。波に取られてはだめだぞ」

「水夫四人は、伝馬船《てんません》をまもれ。命とたのむは、伝馬船だ。水夫長は、伝馬船をまもってくれ」

「漁業長。安全に上陸ができても、この波のぐあいでは、とても、食糧品をじゅうぶんには運べまい。漁具がたいせつだ。できるだけ多く集めて、持ってあがる用意をしろ」

「榊原運転士。君は、井戸をほる道具を、第一にそろえてくれ、シャベル、つるはし、この二つは、ぜひとも必要だ。マッチ、双眼鏡、のこぎり、斧《おの》も、ぬからずに」

「練習生と会員は、島にあがって、何年か無人島生活をして、ただぶじに帰っただけでは、日本国に対して、めんもくがあるまい。かねておまえたちが望んでいた勉強を、みっちりしなくてはならない。できるだけの書籍を集めて、はこびだすようにしろ。船長室にあるのは、みんな持って行け。六分儀も、経線儀も。いいか、すぐにかかれ」

船が、どしいん、と岩に乗りあげると同時に、船内の灯火は、全部消えた、岩にぶつかり方がはげしかったので、室内の本棚や棚から、書籍がとび出し、いろいろの器物もころがり落ちて、船室のゆかや甲板に、ごちゃごちゃになっていた。

ランプは、いくらつけても、すぐ消えてしまう。風はないが、波のしぶきが、たえずかかるからである。みんなは、まっくらやみの中を、海水を頭からあびながら、手さぐりで、物を集めるのであった。

波にうたれて、船体は、めき、めき、ぎいい、ぎいい、とへんな音がしてきた。大波が、どしいんとぶつかるたびに、きっと、どこかをこわし、何かをさらって行った。

さらわれないように、しっかりしばりつけた漁船は、たった一つの大波が、ざぶうん、とおそいかかると、粉みじんにくだけて、小さい破片も残さなかった。しかし、漁船をまもっていた四人の漁夫は、さすがに、いくどか大しけの荒波をしのいできた勇士だ。一人のけがもなく、ぶじに残った。

私は、みんなに命令するとすぐに、船長室に飛びこんで、必要な書類を一まとめにして、しっかりとふろしきづつみにして、寝台の上においた。それからずっと甲板に出て、指図をしているうちに、大波が、右舷《うげん》からうちこんで、船長室の戸をうちやぶり、左舷へ通りぬけて、室内の物を、文字通り、洗いざらい持っていってしまった。海図も、水路誌《すいろし》も、コンパスも、波がさらっていった。

まだ波に取られないのは、伝馬船一隻《せき》。命とたのむのは、これだ。これぱっかりは、どうしても失ってはならない。総員全力をつくして、伝馬船をまもった。

こんなたいへんな時にも、十六人の乗組員は、よく落ちついて働き、とくに小笠原《おがさわら》老人は、よく青年をはげまして、上陸の支度をした。


今夜にかぎって、時のたつのが、じつにおそい。夜明けが待ち遠しい。早く夜が明けますように――波をかぶりながら、神に祈った。

小笠原島生まれの、帰化人の範多《はんた》が、私にきいた。

「島に、飲み水はありますか」

私は、どきっとした。小さな珊瑚礁《さんごしょう》に、水の出るはずがない。しかし、せっかく島へあがっても、命をつなぐ水がないといったら、一同は、どんなにがっかりするであろう。

「水は出るよ」

と、私は答えた。それも、あれこれと考えたすえ、うそと知りつつ、よほどのぬけた時分に答えたのであった。

とにかく、あと、一、二時間しんぼうすれば、夜が明ける。それまで船体は、波にたえしのげるだろう、と見こみをつけた。

大波が、ずどうん、とおそって来るたびに、船体は、びりびりと、ふるえるようになった。甲板にはってある板のつぎ目がはなれて、一枚一枚の板が、うねりまがって、歩くのが困難となった。帆柱は、ぐらぐら動きだした。いつ倒れるかもしれない。

「マストに用心しろ」

運転士が、みんなに注意した。

伝馬船《てんません》も人も波に

神様に願ったかいがあったか、やっと、夜がしらしらと明けかけてきた、暁の光で見ると、はたして暗礁《あんしょう》である。岩が遠くまでちらばり、怒濤《どとう》がしぶきをあげている。船から百メートルぐらいのところに、かなり大きな平らな岩が、水上に頭を出している。その岩と船との間に、わき立つ大波が、あばれくるっている。

「たぶん、島が見えるだろう。マストにのぼってみろ」

いまにも倒れそうな帆柱《ほばしら》に、二人ものぼらせたが、朝もやがじゃまして、島を見せてくれなかった。

私は、海図と水路誌の記憶によって、一同に申しわたした。

「島は見えない。ひとまず、近くのあの岩にあがって、それから島をさがしに行こう。船長は、さいごに上陸するが、船長が上陸できなかったら、一同は、ここから北の方に進んで行け。きっと島がある。その島に水がなかったら、北西の、つぎの島へわたれ。それが、ミッドウェー島だ」

「さあ、上陸だ。用意をしろ。持ち出す物をわすれるな。みんな、できるだけたくさんに服を着ろ。冬服も夏服も着ろ。くつ下をはいて、くつをはけ。帽子をかぶって、その上から、手拭《てぬぐい》やタオルで、しっかりと頰かぶりをしろ、おびになるものは、何本でもいいから、しっかりと胴中をしばれ。ジャック・ナイフ（水夫の使う小刀）を落さぬように——」

みんなは、エスキモー人のように着ぶくれた。それは、これから先、衣服はなくてはならぬものであるし、また、珊瑚礁《さんごしょう》を洗う荒波を渡るとき、波にころがされても、けがをしないためであった。

「伝馬船おろせ」

待ちかまえていた号令をきくと、一同は、今さらのように緊張した。全員が命とたのむのは、ただこの伝馬船だ。どんなことがあっても、安全におろさなくてはならない。もし、伝馬船が波にとられたら、もう十六人は、一人も助かるみこみはないものだと、だれもがかくごをしていた。まったくの真剣、命がけの仕事だ。伝馬船をおろす作業は、十六人の命が、助かるか、助からないかの大仕事であった。

たえずおそってくる、大波のあいまを見きわめて、ほんの瞬間、「それっ」と気合をかけておろすのだ。まんいちにも調子がわるく、いじのわるい大波が、どっと伝馬船をもちあげて、ごつうん、と本船の舷側《げんそく》にたたきつけたら、伝馬船は、たちまち、ばらばらにくだけてしまうだろう。また、ざぶり、一のみに海の中へのみこんだら、それっきりである。

そこでまず、この大波をしずめるために、油を流すことにした。

大しけのときなど、よく船から油を流す。それは、油が海面にひろがると、気ちがいのようにさわぎたっていた波も、おとなしくすがたをかえるのである。

荒れくるう波を見ていると、大きな馬が、何万頭となくならんで、まっ白いたてがみをふりみだし、はてもなくつづいて、くるい走るようだ。それが油を流すと、白いたてがみをかくし、ただ、上下に動く大波となるのである。昔から世界各国の船の人は、油が波の勢いをよわめることを、よく知っている。

これは、大しけで、めちゃめちゃにもてあそばれていた捕鯨船が、もうだめだ、と、あきらめかけた時、急に、船の動き方がゆるやかになり、波がうちこんでこなくなったので、ふしぎに思ってあたりを見ると、死んだ鯨が、ちかくに流れていて、その鯨から流れだした油で、波が静かになっているのがわかったことから、油が波をしずめるのに、ききめのあるのを知るようになったのだ。しかも油は、ほんのわずかでいいのだ。たった一てきの油でさえ、二メートル平方の海面を、静かにする。伝馬船をおろすため、本船のまわりいちめんに、静かな海をつくるのには、一時間に、約〇・五リットルの油を、ぽたり、ぽたり、と海に落していればいい。学者のいうところによると、その油は、どんどんひろがって、一ミリの二百万分の一という、想像もつかぬうすい膜となって、海面をおおい、波をしずめるのである。

それで龍睡丸《りゅうすいまる》の乗組員も、たけりくるう波を、油でしずめようとした。石油缶《かん》に、海がめやふかの油を入れ、小さなあなをいくつかあけて、二缶も三缶も、海に投げこんだ。しかし、岩にあたってあれくるい、まきあがる磯《いそ》の大波には、油のききめは、まったくなかった。

いよいよ、運転士と水夫長が、伝馬船に乗りこむと、伝馬船をつってある滑車の索《つな》に、みんなが取りついて、そろそろおろしはじめた。

波のあいまを見さだめて、やっと、水ぎわまでおろした。

そこへ、山のような怒濤《どとう》が、ざぶっ、とやって来た。ただひとのみ。あっというまに、伝馬船も人も、見えなくなった。

あとは、ただ白い波が、いちめんにすごく、わき立っているばかり。

さすがの一同も、顔色をかえた。命のつなとたのんだ伝馬船は、波にのまれてしまった。たのみにしている指導者の、運転士と水夫長は、波にさらわれてしまった。もうわれわれは助からない。

船長の私も、決心した。もちろん、ほかの乗組員も、そう思ったにちがいない。だれも、ひとこともいわない。ずぶぬれになって、青い顔をしていた。

このまま、龍睡丸は、伝馬船と同じ運命になって、ここで死ぬのか。みんなは、おどりくるう白波を見つめて、だまっていた。

一秒、二秒、三秒。

「おっ」

「あっ」

「やっ」

とつぜん、二、三人が、おどろきの声をたてた。岩の方を指さし、口をもぐもぐさせている者もある。見れば、向こうの波の上に、一、二メートル頭を出している、ひらたい岩のねもとに、伝馬船が底を上にして流れついているではないか。

やっ。黒い頭が二つ、白い波のなかにうきだした。しめたっ。二人は、岩の上へ、はいあがって行く。

ごうごうと鳴りひびく波の音で、どんな大声でも、百メートルもはなれていては、聞えはしないが、手まねと身ぶりで、二人ともぶじだ、伝馬船も大じょうぶだ、と、知らせているではないか。

「ばんざあい」

思わずほとばしる、よろこびのさけび。

「ああ、よかった――」

みんなは、ほっとして、顔を見合わせた。

波の上の綱渡り

これで、伝馬船《てんません》では、上陸できないことがわかった。

そこで、まるい救命浮環《うきわ》に、細い長い索《つな》をつけて流してみると、岩の方へ流れる潮と波とに送られて、すぐに岩に流れついた。

岩の上の二人は、浮環をひろった。これで、岩と船との間に、細長い索がはられた。

船では、すぐに、マニラ麻《あさ》でできた太い索を、この細い索にむすんで、ずんずんのばして、岩の上でたぐってもらった。

こうしてこんどは、船と岩との間に、じょうぶな、マニラ索がつながった。そして、マニラ索のはしを、しっかりと岩にしばりつけてもらうと、船では、たるんでいる索を、えんさ、えんさ、と引っぱり、索をぴんとはって、しっかりと船に止めた。

この太いマニラ索を、索の道——索道《さくどう》にしようとするのである。これが、岩にあがるための、命のつなになるのだ。

つぎには、この索道に、一本のじょうぶな索をまわして、輪をつくった。これに、人がぶらさがるのだ。そしてこの輪に、別の長い索のまんなかをむすびつけて、その一方のはしを、岩の上に送った。そして他のはしは、船に止めておいた。

岩と船との間には、こうして、二本の索が渡された。一本は、両方のはしが、しっかりしばってある索道で、もう一本は、その索道にはめてある、索の輪を動かすため

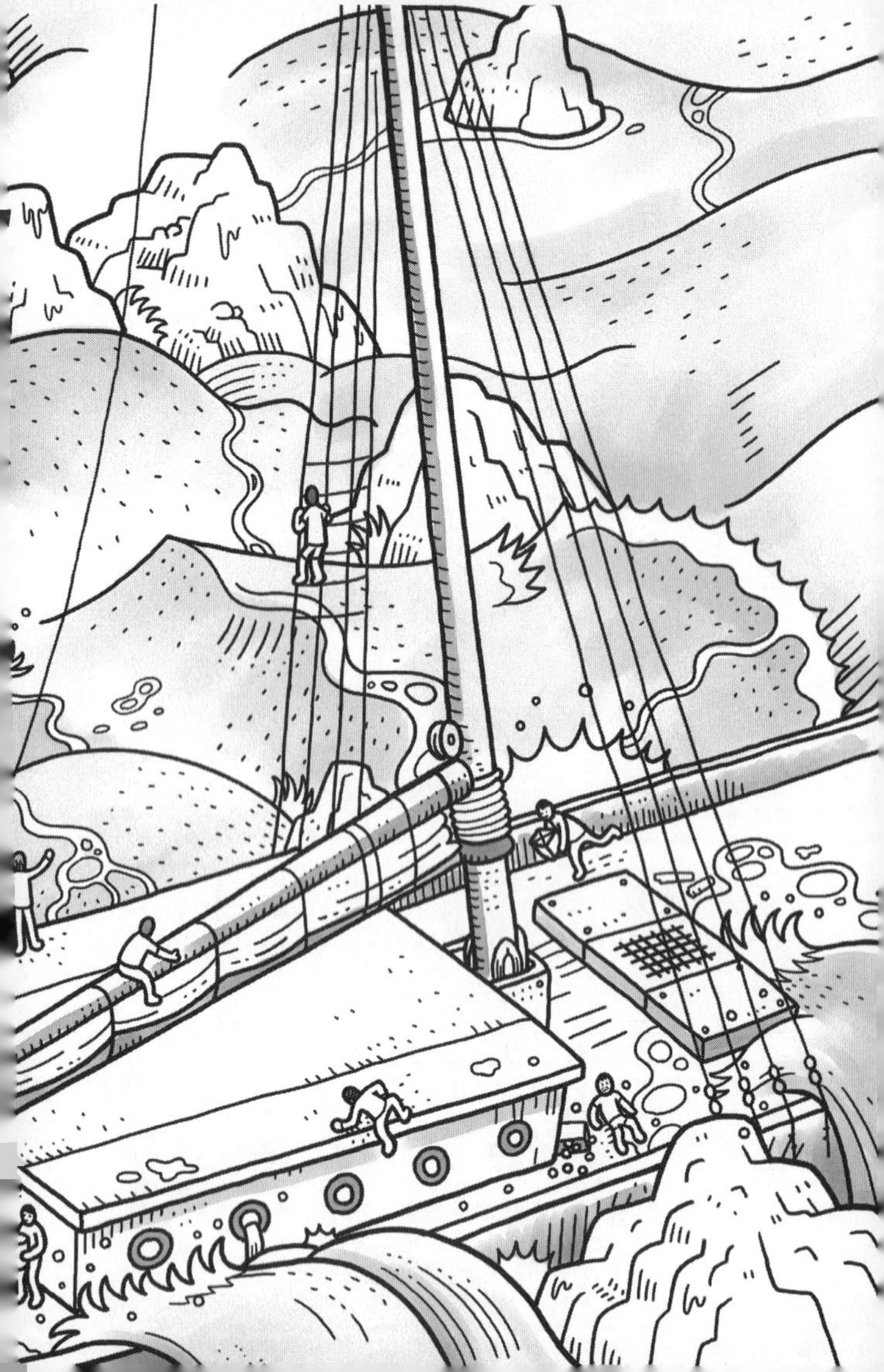

の、通《かよ》い索《づな》である。この通い索を岩の上でたぐって、船の方をのばせば、輪は索道をすべって、岩の方へ行くし、船でたぐって岩の方でのばせば、輪は、船の方へくるのである。

輪についた通い索を、船と岩とで、かわり番に引っぱってみると、試運転はうまくいった。これで、みんなが、岩にあがろうというのである。

そこでまず、この輪に、最年少者の漁夫の国後《くなしり》が、腰をかけると、そのがっちりした胴中《どうなか》を、しっかりと索で輪にくくりつけた。かれは、両手で輪にすがって、岩の方をむいた。

船では、みんなが、通い索をのばし、岩の上では、運転士と水夫長が、よんさ、よんさ、と通い索をたぐりはじめた。

しかし、索道の索は長い。一方は、ひくい岩に止めてあり、船の方でも、そんなに高いところには止めてない。いくらぴんとはっても、索道のまんなかは、索の重さでたれさがって、波につかっているのだ。この索道に通してある輪に、人をくくりつけて送るのだから、人の重さで、索道はいっそう、たれさがってしまう。

漁夫の国後は、船をはなれると、すぐに、立ちさわぐ波に、ひたってしまった。だが、じっとしんぼうして、輪にすがってさえいれば、やがて岩に引きあげられるのだ。

運がわるいと、なんべんも海水を飲むし、浅いところでは、底の岩に、どしんとからだをたたきつけられることも、たびたびである。けれども、泳ぐよりは安全だ。索道や通い索が、切れさえしなければ、命にかかわりはない。

国後は、波まにかくれたり、あらわれたりして、だんだん船から遠くなっていったが、やがて、索をたぐる運転士と水夫長の力で、岩の上に引きあげられた。国後は、索の輪からからだをほどいて、岩の上で高く両手をふっている、索道わたしは、あんがいうまくいくではないか。

船では、通い索をたぐって、輪を引きよせ、こんど、最年長者の、小笠原《おがさわら》老人をくくりつけて、

「それ引け」

と、あいずをすると、岩の上の三人は、「よし」とばかり、ぐんぐん通い索をたぐって、たちまち、また一人が岩に着いた。

こうしてつぎつぎに、私を残した十五人は、みんなぶじに、岩の上にあつまった。索道わたしも、もう心配はない。あとは、必要品の、陸あげをしなければならない。

一人船にのこった私は、

「だれか、本船へ来い」

と、手まねきをすると、まず運転士が、私の引く索につれて、やって来た。そして、水夫長と、元気な会員の川口と、泳ぎの達者な帰化人の父島《ちちじま》が、つぎつぎに船にやって来た。そして、手近なうく物を海へ投げこむと、ざあっ、と岩の方へ流れて行く。岩の方では、それを待ちかまえて、一つ一つひろいあげ、波にさらわれないように、岩のまんなかに運ぶのが見える。うく物は、索道ではこぶ必要がないのである。

食糧品をだそうとしたが、船底にちかい糧食庫は、すでに海水がいっぱいになってしまって、はいっていけない。料理室に、米が一俵あった。これは、料理当番にあった者が、前の晩、朝飯の用意に、下からかつぎ出しておいたものだ。そこで、これをぬらさずに、岩におくる方法を考えた。

米俵のまま、二枚の毛布につつみ、その上を、雨合羽《あまがっぱ》でよく包んで、大きな木の米びつにいれてしっかりふたをした。またその上を、防水の油をぬってある、帆布《ほぬの》でつつみ、しっかりと索でしばって海に投げこむと、うまいぐあいに岩にとどいて、米はぬれなかった。

つぎに、ぬれ米を一俵さがしだした。入れて流す箱がない。そこで、俵が破れぬよう、帆布でつつんで索でしばり、これに、石油の空缶《あきかん》二個をしばりつけ、空缶の口には、ぼろきれの栓をした。空缶は、俵のうきである。うまく岩にとどきますようにと念じて、海に投げこむと、これもぐあいよく、すうっと岩にとどいた。これで、石油缶二個は、ぬれ米一俵をうかす力があることが、わかった。

船にいる私たち五人は、いさみたった。

「よし、石油缶をあつめろ」

と、石油缶を、方々からあつめた。船には、かめやふかの油を入れるため、石油缶がたくさんあるのだ。

いろいろの物を、石油缶にしばりつけては、海に投げこんで、岩に送った。井戸掘道具の、つるはし、シャベル。それから、のこぎり、釜《かま》、双眼鏡、毛布類、帆と帆布。索をたくさん、料理室に出してあった食糧品などは、石油缶が、みんな岩に送ってくれた。

しかし、品物がとちゅうで落ちて、石油缶だけがいきおいよく岩についたものもあった。斧《おの》、鍋《なべ》などが、そうだった。いずれも島生活には、なくてはならぬ品なので、みんな、じつにがっかりした。

糧食庫の水をもぐって、もぐりのとくいな父島が、かんづめの木箱をひき出した。あまいものがすきな男だったので、第一にコンデンス・ミルクの箱をとり出した。なかには、使い残りの二十八缶があった。二番めにもぐって、牛肉のかんづめの木箱。

それから、羊肉《ようにく》かんづめ、くだもののかんづめ。かんづめの入れてある重い木箱を、手さぐりで、一生けんめいとり出した。この貴重なかんづめは、みんなぶじに岩にとどいた。

漁具は、漁業長が、せっかく集めておいたのに、いつのまにか、波がさらっていった。これにはみんながっかりした。

いろいろの品物を、船から送った岩は、船よりは、もちろん大きかった。船に面した方は、波がうちあたって、白くあわ立った海水が、岩によじあがろうと、しぶきを立ててくるっている。しかし、その反対がわの岩のかげになっている方は、岩が防波堤となって、静かな水面となっている。岩の裏表の海の変化は、じつにひどい。十六人にとっては、岩の裏の静かな水面は、よい港であった。

ひっくりかえった伝馬船をおこして、水をかい出し、櫓《ろ》や櫂《かい》をひろい集めて、岩かげの港につないだ。流れよった品物は、何もかも、岩の上につみあげた。

伝馬船は、十六人がのれば、山もりになって、もうなにもつめない。そこで、細長い、三角形の筏《いかだ》を作って、荷物をつむことにしようと、筏の材料を、船から、手あたりしだいに、取りはずして岩に送った。円材、帆桁《ほげた》、木材、大きな板、部屋の戸などを海に投げこむと、波は、すうっと、岩まで運んでくれる。岩の上の人たちは、それをひろって、うらの港で、せっせと三角筏に組み立てた。

こうして、時のたつうちに、船も、だんだん波にこわされてきた。いつまでも居残って、あんまりよくばっていると、ついには命があぶない。もうきりあげよう。それにこれから、ながい年月住めるような島を、さがしに行かなければならない。

私たち五人は、ついに、龍睡丸《りゅうすいまる》に心をのこして、じゅんじゅんに、索道で岩にあがった。

「総員集合」

岩の上に、みんなを整列させて、点呼をして、一人一人しらべてみると、全員ぶじで、けがひとつしていない。私はいった。

「どうだ、この大波をくぐっても、一人のかすり傷を受けた者もない。まったく、神様のお助けである。これは、いつかきっと、みんながそろって、日本へ帰れる前兆にちがいない。これから島へ行って、愉快にくらそう。できるだけ勉強しよう。きっとあとで、おもしろい思い出になるだろう。みんなはりきって、おおいにやろう。かねていっているとおり、いつでも、先の希望を見つめているように。日本の海員には、絶望ということは、ないのだ。

筏は、ここにつないでおき、荷物は、岩の上において、これから伝馬船で、島をさがしに行くから、島を見つけだし、いどころがきまってから、筏を取りにひき返そう。伝馬船には、井戸掘道具、石油の空缶五、六個、マッチ、かんづめ一箱、風がふきだしたら、帆にする帆布と、帆柱にする丸太、たきぎにする板きれを積め、用意ができたら、すぐ出発」

私の訓示とげきれいに、一同はこころよくうなずいて、出発の用意にかかった。用意はすぐにできた。

「伝馬船、用意よろし」

運転士は、大声で報告した。

「出発」

私の一令で、十六人の乗りこんだ伝馬船は、岩をはなれた。

龍睡丸《りゅうすいまる》よ、さらば

風のない朝の大海原を、たくみに暗礁《あんしょう》のあいだをくぐりぬけ、うねりの山を、あがったりおりたりして、北をさして、こぎすすんだ。

うねりの山のいただきに、伝馬船《てんません》がもちあげられる時には、難破している龍睡丸が見える。龍睡丸は、わかれをおしむのであろうか、帆柱が、ぐらぐらゆれている。かわいそうに、こうしてはなれたところから見ると、大波にうちたたかれて、たえず、白い波が船体をつつんでいる。あんな大けがをしても、くだけるまで、勇ましく波と戦っているのだ。なつかしい龍睡丸。

「ながい間、生死をともにして、波風をしのいできた龍睡丸。おまえを見すてて行くのも、十六人はお国のために、生きなければならないからだ。不人情な人たちと思うかもしれないが、われわれの心も察してくれ。おまえだって、りっぱなさいごだ。犬死ではない。さらば、わかれよう――これが見おさめか、さらば――」

心のなかで手を合わせたのは、船長の私ばかりではあるまい。だれの目にも、なみだがあった。

「いい船だったなあ――」

「ああ、粉みじんか、かわいそうに」

「泣くなよ」

「おまえだって、泣いてるくせに……」

ふりかえり、ふりかえり、北をさして、伝馬船は漕《こ》ぎすすんだ。

伝馬船は満員で、櫓《ろ》と櫂《かい》が、やっと漕げた。小笠原《おがさわら》老人は、岩に流れついたおわんと、ほうきのえの竹を、だいじに持っていた。

「老人、つえの用意か」

だれかがいった。すると小笠原は、

「はっはっ、つえじゃないよ。おわんだってそうだ。こんなものとみんな思うだろう。だが、つまらないと思うものが、いざとなると、ほんとに役に立つのだ。それが、世の中だ。わかい者にゃ、わからないよ。潮水の修業が、まだたりないよ」

と、いつもの調子でいってから、いねむりをはじめた。

どのくらいの時間がたったろう。時計がないので、はっきりしないが、ずいぶん長い間、漕ぎつづけた。が、島は、いっこうに見えない。ところが、じっさいは、二時間たらずの時間なのだから、そんなに遠くに来たわけではない。夜中からのさわぎで、頭がつかれているのだ。

櫓を漕ぐ者も、櫂を使う者も、のどがかわいて、いつもの元気がない。しかし、伝馬船には、一てきの飲み水もない。龍睡丸が、どかんと岸にあたると同時に、清水《せいすい》タンクは、こわれてしまったのだ。

「もう見えそうなものだ」

漁夫の一人がつぶやくと、小笠原が、

「島は、どっかにあるよ。心配するなよ」

と、はげます。

しばらくすると、帰化人の範多《はんた》が、

「島のない方へ行くのじゃないかな。とちゅうで腹がへってはたいへんだ、もうひきかえした方がいい」

と、心配そうにいう。しかしだれもあいてにしない。

多くの者は、さすがに海の勇士だ。ずぶぬれの服で、伝馬船にすしづめになって、身動きもできず、うずくまりながら、うつらうつら、いねむりをしていた。

みんな、ずぶぬれは平気だ。航海中に、船の甲板で任務についていると、大雨の時は、びしょぬれ。大しけには、たえず波をかぶって、ぬれどおし。いくら雨合羽《あまがっぱ》をきていても、だめだ。着かえていたら、きりがない。また、何枚も着がえを持っていない。

私は、任務を交代して、水夫部屋へさがってもぬれたままねるのだ。

私は、はげますようにいった。

「もっと、精を出して、交代して漕げ。手のあいている者は、今のうちにいねむりをして、休んでおけ。島につけば、うんといそがしくなるから」

交代した漕ぎ手は、小声で、

「やんさ、ほうさ、ほらええ、ようさ……」

かけ声に合わせ、調子をとって、櫓、櫂を漕いだ。このかけ声が、いねむり連中には、なつかしい子守歌のように、ここちよいのである。

へさきに立って、小手をかざして前方を見ていた運転士が、目ざとく、水平線に一ヵ所、かすかにたなびくもののようなものを見つけた。

「あれっ」

「煙か」

「島か」

「あたった。うんと漕げっ」

数人が、同時にさけんだ。みんな立ちあがった。「あたった」というのは、めざす島が見えたとか、島に着いたとかいう、漁夫たちのことばだ。

見つけたのは、白い砂の、ひくい島。水面上の高さは、ほんの一メートルぐらい。草一本もない。周囲は、百メートルもあろうか。とても小さい島である。

ざくり。伝馬船が白砂の浜にぶつかって、ひらり、ひらり、みんなが島に飛びあがったのは、太陽のようすでは、正午ごろであったろう。
島にあがると、日ざかりの南の海の光線は、急に肌に熱くなった。
まず、島についたお祝いだといって、たいせつなくだもののかんづめ一個をあけた。十六人に、かんづめ一個である。のどがかわいて、ひからびた口に、ほんの一なめだ。しかし、すこし酸味があって、どうにか、かわきは止った。みんなは、これでまんぞくした。これから何年も、無人島生活をはじめるのである。一なめのくだもののかんづめも、たいへんなごちそうだ。
島のまわりをぐるりとまわってみた。なにしろ、小さな、はげた砂の島。草一本もない。また、なに一つ流れついていない島だ。これでは住めない。一同は、顔を見合わせた。

「島が見える」

さけんだ者がある。指さす方の水平線に、はるかに、いま立っている島よりも、三、四倍も大きそうな島。青々と草のはえた、海鳥の飛んでいる島が見える。といっても、白っぽい水平線に、きゅうりのうすい皮をはりつけたように見えるだけだ。

「しめたっ」

「それ、あの島だ」

元気の出た一同は、伝馬船に飛びのり、たちまちめざす島に漕ぎよせた。

2

みんな、はだかになれ

その島にあがると、緑したたる草が、いちめんにしげっている。しかし、木は一本も生えていない。高いところは、水面から四メートルぐらい。平均の高さ、二メートルぐらいの、珊瑚礁《さんごしょう》の小島である。海鳥の群が、上陸してきたわれわれのすがたにおどろいて、ぎゃあぎゃあ、頭の上を、みだれ飛んでいる。

「いい島だなあ」

「どうだい、このやわらかい、青い草。りっぱなじゅうたんだなあ」

「ほんとだ、ぜいたくな住まいだ」

「島は、動かないや。ははははは」

みんなひさしぶりの上陸にうれしくて、かってなことをいっている。しかし、仕事は山ほどある。時間がおしい。

「総員集合」

集まった十五人の前に、私は立った。

「この島に、住むことにきめた。ただいまから、総員作業をはじめる。

榊原《さかきばら》運転士は、櫓《ろ》の達者な者四人をつれて、ごくろうだが、伝馬船《てんません》で、岩まで引き返して、三角筏《いかだ》に荷物をつみ、ここへひいてきてくれ。

井上水夫長は、うでっぷしの強い四人と、井戸ほりにかかってくれ。

鈴木漁業長は、四人をつれて、大いそぎで、島を一めぐりして、なんでも役にたつものを見てきてくれ。それがすんだら、蒸溜水《じょうりゅうすい》の製造にかかってくれ。

総員は、作業につくまえ、今すぐに、はだかになれ。ここでは、はだかでくらすことにする。着物は、いま着ているもののほかに、なに一つ着がえはない。何年かかるかわからない島の生活には、着物はたいせつだ。冬のことも、考えなければならない。はだかでくらせる間は、はだかでいよう。みんな、ぬいだものは、仕事にかかるまえに、ひろげて、ほしておけ。たいせつにしまっておこう」

全員は、すぐに、服をぬいではだかになった。

「服は、もう半分かわいている」

「ああ、さっぱりした」

手足を、さかんに動かしている者もある。はだかになって胴じめをとったら、急に、おなかがすいた感じが、ぐっとくる。そのはずだ、朝飯をたべていない。昼飯は、くだもののかんづめの、一なめであった。だが、飯の支度のしようもない。道具も、米も、水もない。だいいち、時間がおしい。一同は、すき腹のまま、いきおいよく仕事にかかった。

伝馬船組は、櫓櫂《ろかい》をそろえて、元気よく出発した。

「行ってくるよ。所帯道具と食糧は、みんな持ってくる。井戸をたのむぞ」

井戸ほり組は、それに答えて、

「じゃあ、たのむよ。いい井戸をほって、つめたい水を、ごくごく、飲ましてやるぞ」

命の水

島のいちばん高いところに近く、きれいな砂地に、よいしょ、といきおいよく、最初のつるはしをうちこんだ。シャベルで、砂をすくいあげた。しかし、井戸ほりは、まったくの大仕事である。珊瑚《さんご》質《しつ》のかたい地面を、ごつん、ごつん、とほりさげ、シャベルで砂をすくって、ほうりあげるのだが、大男は、はだかの全身、水をあびたような汗。のどがかわいて、口のなかが、からからになって、声も出ない。水だ、水だと、水をほしがるのである。その水を出そうとして、いまほっているのだ。井戸ほりが、いちばん先に、まいってしまいそうだ。

「元気を出せ。十六人の命の水だ。今じきに、蒸溜水を飲ませるから」

こんな場合、百千のことばではげますよりも、一さじの蒸溜水の方が、どんなにききめがあるか、よくわかっている。早く蒸溜水を、ごくごく飲ませてやりたい。しかし、蒸溜水は、そう、たやすくはできない。

島を、大いそぎで一まわりしてきた、漁業長と小笠原《おがさわら》ら、斥候《せっこう》の報告は、

「島の面積は、四千坪（約百三十二アール）ぐらいです。北の方に、一町（約百十メートル）も砂浜つづきの、小さな出島があります。出島は、三百坪（約十アール）もありましょうか。そこには、ヘヤシール（小型のアザラシ）が、三十頭ぐらい、ごろごろしていました。おどろかさないように、そばへは行きませんでした。

流木が、二本あります。二十年ぐらいも前に難破した船の、マストらしい、アメリカ松で、縦に、たくさん干割《ひわれ》があります。正覚坊の大きいのが四頭、これは、あおむ

けにしてきました。ほかに、何もありません」

「ごくろう。大いそぎで、蒸溜水つくりにかかってくれ、飲む水がないと、井戸がほれない」

蒸溜水製造は、小笠原が受け持った。


まず、そのへんの珊瑚のかたまりと砂で、かまどをこしらえた。

このかまどで、海水をにたてて、塩けのない真水をとるのだが、蒸溜水製造器は、石油缶《かん》を三つかさねたものだ。

いちばん下の缶には海水をいれ、缶の上の方を切りひらいてある。中の缶はからで、そこにあながあけてある。

いちばん上の缶には、海水をいっぱい入れてある。

これをかまどにかけて、下から火をたくと、いちばん下の石油缶の海水がにえたって、二階の空缶に水蒸気がたまる。その水蒸気は、三階の、海水いりの缶でひやされて、水になり、ぽたぽた落ちて、二階の缶にたまる。

二階の缶は少しかたむけてあるので、たまった水は、水蒸気の通るあなから下の缶には落ちないで、ほうきのえでつくった、くだから外へ流れだす。それを、おわんで受けるのであった。

蒸溜水は、たきぎがなければできない。伝馬船《てんません》で持ってきた木ぎれも、そんなにたくさんはない。そこで、斥候が見つけておいた、二本の太い流木をかついできて、たきぎにこしらえることにした。

流木をわるにしても、斧《おの》がないので、ジャック・ナイフで板をけずって、何本も楔《くさび》をこしらえて、それを流木の干割《ひわり》にうちこんだ。すると、正目のよく通ったアメリカ松は、気もちよくわれた。

こうして、たきぎができて、蒸溜水は、よいあんばいに、ぽたりぽたり、おわんに落ちるが、半分もたまるのを待っていられない。井戸ほりが待ちかねて、ほんのわずかのうちに、すってしまう。なかなか、ほかの者が飲むことはできない。

しかし、井戸ほりは、この水で勇気がでて、ほりつづけ、深さ四メートルちかくの井戸をほった。

ところが、出た水は、牛乳のようにまっ白で、塩からくて、とても飲めない。

「だめだ」

だめだといっても、たきぎは、流木二本きりだ。蒸溜水をつくるには、たくさんのたきぎがいる。そのうえ、たきぎは、蒸溜水つくりばかりには、使えないのだ。飯もたかなければならず、おかずの煮焼《にや》きもしなければならない。小さな板きれでも、貴重品だ。

この島に、何年住むかわからないのだ。なんでもかんでも、井戸をほらねばならぬ。飲める水が出るまでは、島中、蜂《はち》の巣のようにあなをあけても、井戸をほろう。しんけんである。十六人の、命にかかわる井戸だ。

「がんばろう」

ひじょうな決心で、第二の井戸をほりはじめた。ぽたりぽたり、おわんに落ちる蒸溜水を、なめながら。

こんどは、深さ二メートルあまりの井戸ができた。だが、この水も飲めない。まっ白くて、塩からい。井戸ほり組は、へとへとになってしまった。

そこへ、三角筏《いかだ》を引っぱって、伝馬船が、ぶじに帰ってきた。

「ごくろうだった。つかれているだろうが、さっそく、井戸ほり組と交代してくれ」

伝馬船からあがった人たちは、すぐ、井戸をほりはじめた。日がくれるまでに、また、二メートルちかくの井戸がほれた。前の二つよりは、塩けの少ない水が出た。だが、いくらがまんしても飲み水ではない。

一方、今夜ねる家は、見るまにできあがった。三角筏をほぐした、小さな木材を柱とし、大きな帆を屋根にはり、また、風よけにした。りっぱな天幕《テント》ができた。倉庫の天幕には、伝馬船と、筏から陸あげした食糧、その他の荷物をいれた。

暗くなってから、一同は、天幕にあつまった。料理当番が、島にいた正覚坊の、潮煮と焼肉を出した。水がなくて、飯はたけないのだ。朝、昼、なにもたべずに、働きどおしの空腹には、「うまい」といっているひまもなく、平げてしまった。おわんに三分の一ぐらいずつ蒸溜水を飲んだあとは、急に眠くなってきた。

「あかりもないし、みんなつかれているから、今夜はゆっくりねて、あすの朝、いろいろ相談しよう。おやすみ」

「おやすみ」

「おやすみ」

一同を、天幕のなかにねかした。はだかでくらすのを、島の規則としたのだ。ねるのに、ねまきを着たり、毛布にくるまるようなことはしない。砂の上に、ごろり横になったら、もう、いびきをかいているのだ。去年の暮に日本を出てから、はじめて、動かぬ大地にねるのだ。しかも、太平洋のまんなかの、けし粒のような、無人島の砂にねようと、だれが思ったであろう。

天幕のそとの、暗やみのなかで、私は、榊原運転士、鈴木漁業長、井上水夫長の三人と、小声で、井戸の相談をした。

「この島では、よい清水《せいすい》は出まい。しかし、どうにかして、飲めるくらいの水がほしい。榊原君の意見はどうか」

私がいうと、運転士は、しばらく考えていたが、

「井戸が深いと、よい水の出ないことは、三つの井戸で、わかりました。つまり、海面とすれすれになるから、塩水が出るのでしょう。浅い方が、いいのではありませんか」

すると、漁業長が思いだしたように、

「私は、ずっと前に、水にこまって島にあがったとき、木の根のちかくをほったら、水が出たことがありました。草の根にちかいところに、わりあいいい水があるのではないでしょうか。井戸ほり組の水夫長、君はどう思う」

水夫長も、なるほどという顔で、

「今日の三つの井戸は、だめで、めんぼくありません。あしたは、浅い井戸をいくつかほってみたら、いい水が出ると思います。水は、はじめ白いが、ほっておくと、き

れいにすみます」

そこで、私はいった。

「そうだ。井戸の深さと草のしげりかたは、たしかに、水と関係がある。草の根は、真水をすいあげているのだから、草の根にちかい、浅い井戸がいいのだろう。また、雨が降って、雨水が流れてあつまるようなところも、いいにちがいない。それから、ここは珊瑚礁だから、石灰分《せっかいぶん》が多くて、はじめは白い水だが、しまいにはすむのだ。水夫長は、あした、また井戸をほってくれ。こう話がきまったら安心した。さあねよう」

「おやすみ」

「おやすみ」

はだかの十六人は、絶海《ぜっかい》の孤島《ことう》に、最初の夜を、ぐっすりねこんだ。

四つのきまり

島でむかえる最初の朝、五月二十一日となった。

起きると、からだは砂だらけ。夜具をかたづけるかわりに、せなかやおなかの、砂をはらい落すのである。顔を洗うかわりに、海に飛びこんで、からだを洗った。もちろん、手拭《てぬぐい》は使わない。

一同は、西から少し北の方、日本をはるかにのぞみ、そして、神様のおまもりによって、ぶじに十六人が、無人島の朝をむかえたことの、お礼を申しあげた。

それから、今日の当番をきめた。井戸ほり、蒸溜水《じょうりゅうすい》つくり、まきわり、炊事、荷物のせいとん、などである。

井戸ほり組は、ここぞと思うところを、あさくほって、石油缶《かん》のそこにあなをあけたものをうずめ、砂をもりあげて、くずれないようにかためた。井戸の水は、石油缶のそこのあなからわきあがって、缶にたまった。その水は、考えたとおり、すこししおからいが、どうにか飲める。まあよかった。これでしのぎはつく。この水に、蒸溜水を半分まぜて、飲むことにした。

朝飯は、正覚坊の焼肉と、潮煮。飯がすんでから、私は、一同にいった。

「島生活は、きょうからはじまるのだ。はじめがいちばんたいせつだから、しっかり約束しておきたい。

一つ、島で手にはいるもので、くらして行く。

二つ、できない相談をいわないこと。

三つ、規律正しい生活をすること。

四つ、愉快な生活を心がけること。

さしあたって、この四つを、かたくまもろう」

一同は、こころよくうなずいた。榊原《さかきばら》運転士が、一同を代表して、

「みんなは、きっと、この四つの約束をまもります」

といった。それから運転士が一同にむかって、ことばをつづけた。かれは食糧がかりであった。

「三度の食事のことだが、米の飯は、常食にできない。みんなも知ってのとおり、米は、二俵しかない。できるだけ長く、食いのばすことにしなければならないから、一日に、おわんにぬれ米二はいを十六人でたべることにしたい。こうすると、来年の二月、三月ごろまでは、どうやら、米があるみこみがたつ。おかゆにもできないから、重湯をたくさんこしらえて、一日に三度飲むことにして、あとは、かめや魚で、腹をこしらえることにしたい。どうだろう。それとも、ほかに、いいちえがあるか。あったら、えんりょなくいってくれ」

まっ先に水夫長がいった。

「運転士に、おまかせします」

一同は、うなずいた。

「それでは、漁業長、魚とかめをたのみます」

運転士がいうと、小笠原《おがさわら》は、漁業長の顔を見て、にっこり笑って、例のくせで腕をたたいた。

「この老人が、みんなのおなかは、すかせないよ」

たのもしいことばだ。

荷物のせいとん当番は、荷物の整理、衣服、毛布、索《つな》、帆布《ほぬの》などを日にほし、筏《いかだ》にした円材や板をかたづけたり、伝馬船《てんません》をよく洗って、浜にひきあげるなど、それぞれに、みんな一日中、いそがしく働いた。

心の土台

きれいな砂の上に、みんなは、よく眠っていた。五月二十二日、無人島生活二日めの、朝早くであった。

私は、しずかに起きあがった。そして、運転士と漁業長と、水夫長の三人を、そっと起した。四人は足音をしのばせて、天幕《テント》の外に出た。

あかつきの空には、星がきらめき、島も海も、まだ暗い。私は、すぐに海にはいって、海水をあびて、身をきよめた。つれだった三人も、無言で、私のするとおりに海水をあびた。

水浴がすむと、四人は深呼吸をして、西からすこし北の日本の方を向いて、神様をおがんだ。それから、島の中央に行って、四人は、草の上にあぐらをかいてすわった。

私は、じぶんの決心をうちあけていった。

「いままでに、無人島に流れついた船の人たちに、いろいろ不幸なことが起って、そのまま島の鬼となって、死んで行ったりしたのは、たいがい、じぶんはもう、生まれ故郷には帰れない、と絶望してしまったのが、原因であった。私は、このことを心配している。いまこの島にいる人たちは、それこそ、一つぶよりの、ほんとうの海の勇士であるけれども、ひょっとして、一人でも、気がよわくなってはこまる。一人一人が、ばらばらの気もちではいけない。きょうからは、げんかくな規律のもとに、十六人が、一つのかたまりとなって、いつでも強い心で、しかも愉快に、ほんとうに男らしく、毎日毎日をはずかしくなく、くらしていかなければならない。そして、りっぱな塾か、道場にいるような気もちで、生活しなければならない。この島にいるあいだも、私は、青年たちを、しっかりとみちびいていきたいと思う。君たち三人はどう思

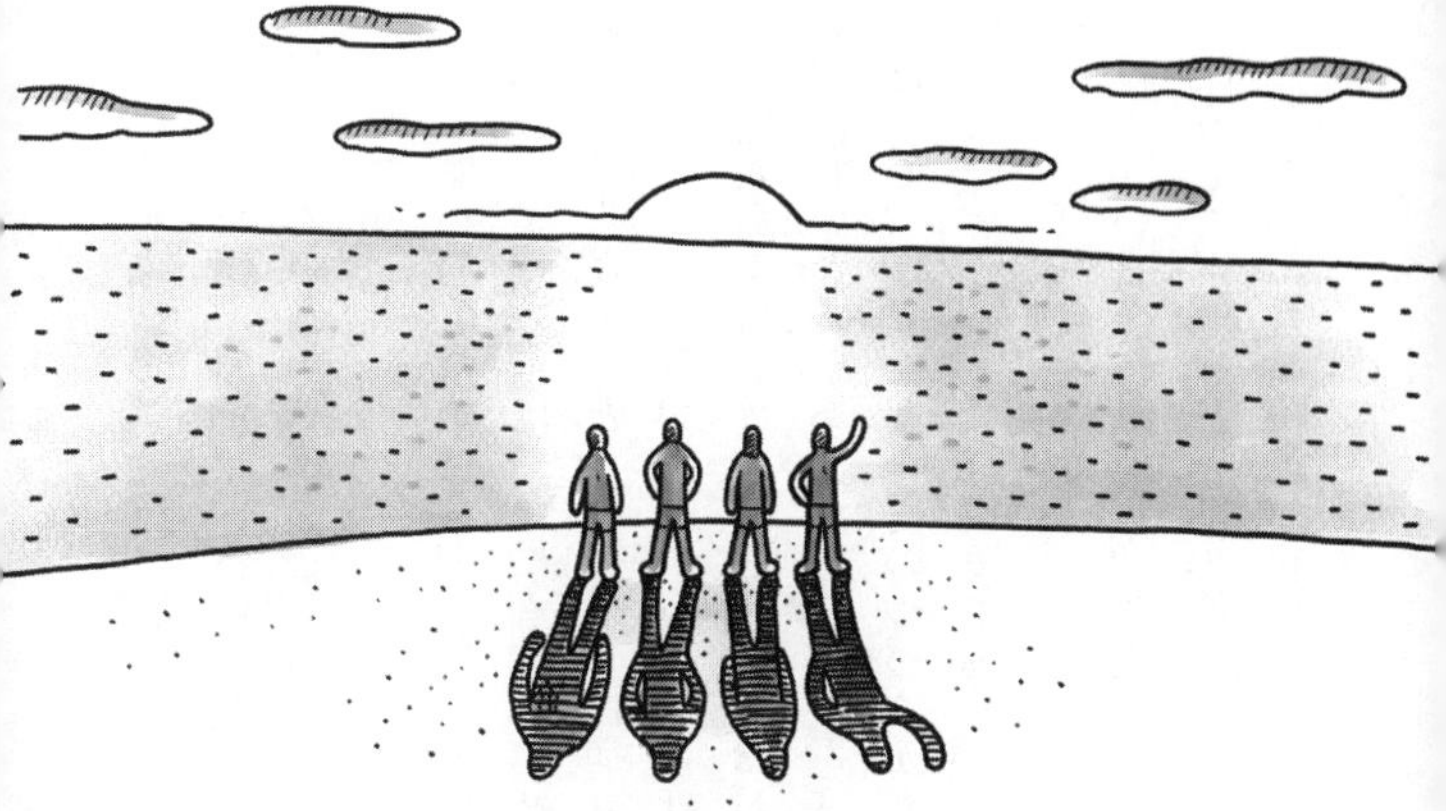

っているかききたいので、こんなに早く起したのだ」

運転士は、いった。

「よくわかりました。じつは私も、そう思っていたのです。これから私は、塾の監督になったつもりで、しっかりやります。島でかめや魚をたべて、ただ生きていたというだけでは、アザラシと、たいしたちがいはありません。島にいるあいだ、おたがいに、日本人として、りっぱに生きて、他日お国のためになるように、うんと勉強しましょう」

漁業長は、

「私も、船長とおなじことを思っていました。私はこれまでに、三度もえらいめにあって、九死に一生をえています。大しけで、帆柱が折れて漂流したり、乗っていた船が衝突して、沈没したり、千島では、船が、暗礁《あんしょう》に乗りあげたりしました。そのたびに、ひどいくろうをしましたが、また、いろいろ教えられて、いい学問をしてきました。これから先、何年ここにいるか知れませんが、わかい人たちのためになるよう、一生けんめいにやりましょう」

いちばんおしまいに水夫長は、ていねいに、一つおじぎをしてから、いった。

「私は、学問の方は、なにも知りません。しかし、いくどか、命がけのあぶないめにあって、それを、どうやらぶじに通りぬけてきました。りくつはわかりませんが、じっさいのことなら、たいがいのことはやりぬきます。生きていれば、いつかきっと、この無人島から助けられるのだと、わかい人たちが気を落さないように、どんなつらい、苦しいことがあっても、将来を楽しみに、毎日気もちよくくらすように、私が先にたって、うでとからだのつづくかぎり、やるつもりです」

かれのいうことは、真実である。かれのふだんのおこないをよく知っている私は、まったく心を動かされた。

私は、いまさらながら、三人のたのもしい強いことばに、心から感謝した。

こうして、無人島生活の心の土台がきずかれて、進むべき道がきまったのだ。四人が立ちあがった時には、東の水平線が明かるくなって、海鳥が鳴きかわしつつ、島の上を飛びはじめていた。

私は、このときから、どんなことがあっても、おこらないこと、そして、しかったり、こごとをいったりしないことにきめた。みんなが、いつでも気もちよくしているためには、こごとは、じゃまになると思ったからである。

火をつくる

この日の午後から、蒸溜水《じょうりゅうすい》の製造をやめた。それは、蒸溜水製造には、びっくりするほどたくさんにたきぎがいるからである。前にもいったように、たきぎは、二本の流木があるだけで、それをたいせつに使わなければならないからだ。

もう蒸溜水には、心残りのないように、かまどを、きれいさっぱり、くずしてしまった。これで一同は、しおけのある井戸水ばかりを飲むことになった。

雨の降ったとき、雨水をためて飲むことは、もちろん工夫した。天幕《テント》の下の方を折りまげて、屋根に降った雨水が、石油の空缶《あきかん》に、流れこむようにした。そして、それから後、たびたび雨が降って、雨水をためることができた。

雨水をためる工夫をする一方、天幕のなかへ、雨水が流れこまないように、天幕のなかいちめんに、砂をもりあげたり、まわりに水を流す溝をほったりして、すまいの天幕も、倉庫の天幕も、一日かかって、雨水よけの工事ができた。

たきぎは、一日三度の炊事に、なくてはならないものだが、よほど節約しないと、なくなってしまう。

そこで、たべあとの魚の骨や、かめの甲をあつめて、たきぎのかわりにもやした。大きな正覚坊の甲、一頭分は、一日の炊事に、じゅうぶんまにあった。よくかわかしてわると、油がしみていて、たいそうよくもえた。

火をつくるマッチは、ほんの少ししかない。五年も十年も、これを使わなければならないから、まず使わずにしまっておくことにした。そして、天気のよい日は、双眼鏡のレンズで、太陽の光線をあつめて、火種をつくった。しかしこれは、くもりの日や、夜はできないから、そんな時には、なにかべつな方法を考えなければならない。

そこで、流木で、長さ三十センチほどの、へらのようなものをつくり、その一方をとがらせた。そのとがったへらで、一メートルぐらいの長さの太い松材の中央に、十五、六センチぐらいの、くぼんだところをつくって、そこをへらで、力をいれていきおいよく、気ながに、ごしごしこすると、こまかい木の粉がでて、松材はへこんで、こげくさくなる。もっとこすると、すこし煙が出る。そのとき、いっそう強くこすってから、へらの先を、こすれて出た木の粉につきつけると、火がつく。その火を、用意しておいたかれ草の葉、または、索《つな》を毛のようにほぐしたものなどにうつして、いっそう大きな火種をつくった。

「この火種が、いつでも手ぢかにあれば、どんなに、べんりだろう」

こう考えた漁業長と小笠原《おがさわら》老人は、いいものをこしらえた。それは灯明《とうみょう》だ。缶づめの空缶の上の方を、きれいに取って、砂を半分ほど入れ、正覚坊の油をつぎこむと、油は砂にしみこみ、よぶんの油は、砂の上に三センチほどたまる。その砂に、帆布をほぐした糸で作った、灯心をさしこみ、火をつけると、りっぱな灯明になった。灯明の火が、風に消されないように缶づめの入れてあった木箱で、わくをつくって、帆布の幕をさげると、行灯《あんどん》ができた。

行灯の火を、昼も夜も消えないようにまもって、万年灯とした。そして万年灯は、ひっくりかえしたり、けとばしたりしないように、天幕のなかに、太い丸太を地面にななめにいけこんで、その先を、地面から一メートルぐらいの高さにして、ここへつるしておいた。炊事のときは、これから火種がとれるし、夜は、天幕のなかを明かるくして、みんなを喜ばせ、ほんとうに役にたった。

つぎに、毎日三度のたべものは、はじめは、島にいた四頭の正覚坊であった。それは、三日でたべてしまった。

それからは、魚をつった。つり針は、石油缶のとっ手になっている、太い針金をとって、先をとがらせて、まげたもの、また、缶づめの木箱の釘《くぎ》をぬいて、うまくまげてつくった。

魚つりなら、十六人のなかには、名人がいくらもいる。ヒラガツオ、シイラ、カメアジをはじめいろいろの魚が、いくらでもつれた。

魚の料理は、さしみが、いちばん手数がかからなくてよい。焼魚、潮煮、かめの油でいためたのもたべたが、これには、たいせつなたきぎを、使わなければならないから、たびたびはできない。

これは、すこしあとの話になるが、魚をつりはじめてから、米をたべることは、いっそう節約をした。重湯は、一日おきにし、また二日おきにした。しまいには、魚ばかりたべてくらした。

米を節約したのは、わけがある。それは、故国日本の人たちが、

——龍睡丸《りゅうすいまる》は、いつまでたっても帰ってこない。どうしたのだろう。漂流しているのか、沈没してしまったのか、行方不明になってしまった——

こういうわさをして――それが東京の新聞にでるのは、秋の末か、冬になってからであろう。

それから、捜索船を出してくれると考えると、来年の五、六月頃でないと、捜索船は、この島の付近にはやってこない。しかもこれは、私たちじぶんかっての考えで、故国の人たちは、われわれが無人島でくらしているとは、思わないかも知れない。

龍睡丸は沈没して、乗っていた者は、みんな死んでしまったのだと思って、助け船など、出してはくれないかも知れないのだ。

だから、米は、最後の食糧として、だいじにとっておかなければならない。それに、病人がでたとき、病人にたべさせるためにも、米は、できるだけ残しておきたかったからだ。

砂山つくり

島の生活にも、やっとすこしなれた、四日め。五月二十四日の朝から、一同は、大仕事をはじめた。料理当番のほか、総員、砂運び作業にかかったのだ。これには、つぎのような、大きな目的があった。

いったいこの島から、われわれが日本へ帰るのには、どうしたらいいだろう。

――われらの宝物である伝馬船《てんません》で、ホノルルの港まで行こうか――こんな小さな伝馬船で、太平洋のまんなかを、ホノルルまで、島づたいとはいいながら、千カイリもある航海は、とてもできるものではない。

――では、われわれで、もっと大きな、がんじょうな船をつくろうか――それには船をつくる材料も、道具もないではないか。この計画はゆめのような話だ。

――それでは、日本から来る助け船を、待っていようか――いや、それこそ、まったくあてにならないことだ。

――それなら、この近くを通りかかる船を見つけて、助けてもらったらどうだろう――これならば、運がよければ、できることだ。

この島は、軍艦や商船が通る航路には、あたっていない。しかし、いつ、どんな船が、こないともかぎらない。その通る船を、見のがしてしまったらたいへんだ。それこそ、いつまでもいつまでも、この無人島にとじこめられてはならない。そこで、通る船を見つけるために、見はり番が立つ砂山をつくることにした。

砂山などをつくらずに、高いやぐらを組みたてればいいことは、わかっている。しかしそれには、長い太い木材が、少くも三本はほしい。だが、その木材がないのだ。

島は、いちばん高いところでも、海面上、四メートルぐらいである。あとは二メートルぐらいで、うっかりすると、波をかぶりそうなくらいひくい島であるから、遠くが見えない。それで、島じゅうで、いちばん高い、西の海岸の草地へ砂を運んで、砂山をつくり、見はらしがきくようにするのである。これは、われら十六人が、島からぬけ出して、日本に帰ることができるか、できないかの大問題であるから、全員は、熱心に砂山つくりの大工事にかかった。

砂山つくりは、石油缶《かん》、木のバケツ、かんづめの木箱、帆布《ほぬの》と索《つな》とでつくったもっこ、これらに、シャベルで砂をいれては、高いところへ運んだのだ。

ところがこれは、たいへんなことであった。というのは、蒸溜水《じょうりゅうすい》をやめて、しおからい、石灰分の多い井戸水ばかりを飲み出してから、十六人とも、おなかのぐあいがわるくなっていたのだ。ひどい下痢をおこして、まるで、赤痢にかかったようになってしまった。薬はなんにもないのだ。どうなることかと、たいそう心配したが、とにかく、砂山は早くつくらなければならない。みんな、元気をだして、作業にとりかかった。

ひどい下痢にかかっているので、気ははっているが、力が出ない。一、二度運んでは、しばらく休まないと動けない。そして汗がでて、のどがかわいて、水が飲みたい。水は、やっと飲めるくらいの井戸水しかない。その井戸水で、おなかをわるくしたのだ。

飲み水の不自由は帆船には、つきものであった。昔から船の人は、大海のまんなかで、ずいぶん水にこまって、いろいろのことをした。のどがかわいても水のないときは、着物をぬらして、皮膚から水分をすいこませたり、また小石を口にふくんだり、鉛をなめたり、とうがらしを少しずつかむと、一時は、のどのかわきがとまるといい伝えている。

それで、われら十六人も、漁業長が、つり糸につけるおもりにしようと持ってきた、うすい鉛の板をなめては、砂を運んだ。

仕事は、ちっともはかどらない。工事をはじめてから、二日めになった。

「ちりもつもれば山だ。いまに高い砂山ができるぞ」

「重いと、よけいにつかれるから、少しずつ運ぼう」

「車があるといいなあ」

「できない相談は、いわない約束だよ」

「しかし、引っぱると仕事はらくだな。そうだ、いいことがある」

練習生の浅野が、正覚坊の甲をあおむけにして、索をつけ、これに砂を山もりにして、三人で引く、代用車を考えだした。

こんなことをして、三日、四日と、こんきよく働いた。みんな、気もちのわるいおなかをさすって、うんうんうなりながらも、

「人間さまだよ、蟻《あり》にまけるな」

と、たがいにはげまし合った。

小笠原《おがさわら》老人は、おなかの痛さに、とうとうへたばってしまった。しかし、口だけは、あいかわらずたっしゃだ。砂にどっかり腰をおろして、手まねをしながら、しゃべっている。

「さあ、さあ、わかい連中は、砂を運んだ、運んだ。お山ができたら、そのてっぺんに、おいらが立つね。そうしていちばん先に、帆を見つけるのだ。いい声でどなる。帆だよう。船だあ。

するとおまえたちが、飛び出してくる。まっ白い帆をかけた、まっ白い船が、島へちかよって、ボートをおろすね。ぐんぐん漕《こ》いでくる。おなかがへっているだろうといって、ミルクとバターとお砂糖の、うんとはいったビスケットを持ってくるね。まあ、こんなもんだ。みんな、砂運びにせいをだせよ」

一同は、思わず笑顔になる。一人が、

「おやじさん、へたばったのか」

というと、

「なによ、わかい連中に、まけるものか、うんとこしょ」

小笠原は、砂を入れた石油缶をかかえたが、持ちあがらない。しりもちをついて、赤いもじゃもじゃひげは、砂だらけ。みんな、おなかをかかえて大笑いをする。笑うと、つかれがぬける。こうして、苦しい砂運びを、愉快につづけるのであった。


私は、先にたって、砂を運びつづけた。五日めには、腹ぐあいが、とてもわるくて、はげしく痛みだした。すこし休んだらよくなるかと、作業場をはなれて、天幕《テント》にはいったが、みんな苦しい思いをして働いているのに、じぶん一人、ごろり横にもなれない。しかたなく、万年灯《まんねんとう》をつりさげてある丸太に、腰をかけた。

ここから、砂運びをする人たちの、働くすがたを見ていると、みんな病人で、ゆるやかに動いている。しかし、それは、大洋の波が、ゆるやかではあるが一つの方向に、はてしもない強い力でどこまでも進んで行く、あの偉大なすがたとおなじような感じが、せまってくる。それは「力」だ。なんでもやりとげるまでは、おし進む、あたってくだくか、くだけるか、そこしれぬ力だ。砂運びをする人たちは、砂山つくりの目

的に、身も心もうちこんで、全員一かたまりとなって、下痢や腹痛に苦しみながら、ただささかんな精神力だけで、動作はゆっくりだが、たゆまずに進んでいるのだ。これが、日本の海の勇士の、すがたなのだ。なんというりっぱなすがただ。しぜんに頭がさがる。

だが、日ざかりの強い日光は、はだかの全身をじりじりとてりつけて、病人からあぶら汗をしぼりださせ、白い珊瑚《さんご》の砂に反射する日光は、きらきらと目をいるのだ。日かげの天幕のなかでさえ、この大自然の熱い熱い息が、ふうっと、砂からふきあがって、私をつつむような気がする。いや、ほんとうに熱い。熱い息が、私の下腹にふきかかってくる。

私は、ふと下を見た。そして、おや、と思った。熱い息をだしているのは、腰の下の丸太にぶらさがっている、万年灯であった。

小さな灯明《とうみょう》ではあるが、熱がある。その熱に、四日も五日も、少しずつあたためつづけられて、行灯《あんどん》の上の方と丸太が、あつくなっているのだ。下腹が、だんだんあたたまって、気もちがいいこと。そう思っているうちに、いつのまにか、腹痛が、消えるようになくなっていたではないか。これは大発見である。私は、すっかりうれしくなって、立ちあがって、作業場へ行った。

「腹のひどくいたい者は、万年灯のつるしぼうに、腰かけてみろ」

そういう私のことばの意味を、ときかねて、へんな顔をしている者もあった。

しかし、それからは、腹の痛い者は、じゅんじゅんに、万年灯をつるした丸太に、腰をかけたり、またがったりして、腹をあたためて療治した。この万年灯病院にかかってからは、みんなの下痢もとまり、もとどおりがんじょうなからだになった。しおからい井戸水と、魚とかめの常食にも、なれたのであろうけれども。

見はり番

砂運びは、朝から晩まで、八日間つづけた。骨折りがいがあって、五月三十一日の夕暮には、海抜四メートルの砂地の上に、さらに、四メートルの砂山ができた。

この、海抜八メートルとなった砂山をながめて、一同まんぞくだった。病人が、全力をつくして、きずいた山である。

夕食のとき、砂山ができたとくべつ慰労のために、天幕《テント》の糧食庫から、果物のかんづめ二個を出してあけた。みんなは、おしいただいて、あまい果物を一口ずつたべた。

私は、練習生と会員に、質問した。

「みんなの骨折りで、海面上、二十五フィートの砂山ができた。この上に立つ人の目の高さを、地面から五フィートとして、ぜんたいで、三十フィート（九・一メートル）の高さとなるが、水平線は、何カイリまで見えるか」

このことは、だいぶ前に、学科で教えてあったのだ。

「答は、砂に、指で書いておけ」

みんな、それぞれ、砂の上に計算をはじめた。

「秋田練習生、何カイリか」

「約六カイリであります。海面からの目の高さまでをフィートではかり、これを平方に開いて出た数が、おおよその見える距離のカイリ数をあらわします。これに、一・一五をかけると、いっそう正確な数となります」

「よろしい。それでは、会員の川口。海面から、高さ四十フィート（一二・二メートル）の船の帆は、この砂山から、どのくらい遠くで見えるか」

「はい。四十フィートですと、約七カイリの距離まで見えますから、これに約六カイリを加えて、十三カイリの距離から見えます」

「よろしい。みんなも、今きいているとおり、この砂山に立つと、六カイリの水平線が見えるのだ。船のマストや帆は高いから、もっと遠い、水平線の向こうにあるのも見えるのだ。じゅうぶんに注意して、見はってくれ。夜は、船の灯火《とうか》を見はるのだ。しっかりたのむぞ」

私がいいおわったとたんに、

「船長。見はりは、今晩からはじまると思いますが、最初の見はり番は、この老人が立ちます。おい、みんな、初の見はりはおいらだよ」

と、小笠原《おがさわら》が、万年灯の光に、ぼんやりとてらされている一座のまんなかから、いきおいよく名のりをあげて、立ちあがった。

「いや、ぼくが立ちます」

「ぼくです」

二人の練習生がいうと、わかい連中も、だまっていない。

「老人は、つかれているからむりだ。わしが立つ」

「夜は、目のいいわかい者の方がいい。見はりは、水夫が引き受けた」

十六人のなかで、いちばんせいが高くて、声の大きい名物男、姓は川口、名は雷蔵《らいぞう》という会員が、

「せいの高い私が、いちばんいい。いちばん遠くが見えるりくつだ。これできまった。私が見はり番だ」

その名のとおりの、雷声《かみなりごえ》でどなった。

するとり小笠原は、しずかに、

「年よりのいうことをきくものだ。今夜は、おいらがいいのだ。そのわけは、船長が知ってござる。とうぶんは、おいらが夜の見はり番だ。わかい者は、昼間、力仕事がある。夜はよく眠ることだ」

みんなを、さとすようにいうのであった。

小笠原のいうとおりだ。夜の見はりは、よほど考えなければならない。たった一人で、あてもない暗い夜の海を見はっているのだ。つい、いろいろのことを考えだして、気がよわくなってしまう心配がある。とうぶんのあいだは、老巧な小笠原と、水夫長と、たびたび難船している、漁夫の小川と杉田がいい。この四人を、夜の当番にきめよう。私は、腹をきめた。

「夜の見はり番は、年のじゅんにきめる。今夜は、小笠原と水夫長に、交代で立ってもらうことにする。それでは小笠原、このめがねを」

と、私は、天幕の柱にかけてあった、双眼鏡を取って手わたした。双眼鏡を受け取って、首にかけた小笠原は、大まんぞくのように、にこにこして、天幕を出かけたが、みんなの方をふり向いて、

「みんな、安心しておやすみ」

といって、右手をあげてあいさつして、砂山の方へ、出かけていった。そのすがたは、まるで、昔のギリシャの彫刻の、海の神の像のように、どうどうと、たくましいものであった。

「今夜は、つかれているから、みんなもう、おやすみ」

私の一言に、全員は立ちあがった。

炊事のあとしまつも、天幕のせいとんもすんで、一同は横になると、一日の労働のつかれで、なにを考えるまもなく、すぐ、ぐっすり眠ってしまうのであった。

私は、倉庫の天幕から、一枚の帆布と、一本の細い索《つな》を持ってきた。そして、運転士と漁業長とをつれて、天幕のまわりと、伝馬船《てんません》を見まわってから、砂山にのぼった。

細い金のかまのような月がでて、海もなぎさも、ものかなしげに光っている。小笠原は、もじゃもじゃひげを風にふかせながら、のしのしと、しっかりした足どりで、砂山の上を、あっちこっち歩いて見はりをしていた。かわいそうに、かれはまだ、おなかのぐあいがよくないのだ。私は、

「小笠原、今夜はありがとう。よくいってくれた。よく見はりに立ってくれた。わかい者たちのためを思ってくれたことは、私には、よくわかっている。これからも、たのむよ」

こういって、かれの肩をたたいた。

「経験のある者だけに、わかることとです。船長に、そんなにいっていただいて、うれしいです」

かれは、右手をあげて、空を指さしつつ、

「あの細い月がわかい者にはどくです。あの月を見ているうちに、急に心細くなって、懐郷病（国のことを思って、たまらなくなる病気）にとりつかれますから」

「そのとおりだ。それよりも、おまえには、夜の風がどくだ。まだ腹もよくないようだね。夜の見はり当番ちゅうだけ、これを腹にまいておくといい」

私は、帆布と細い索を、さし出した。

「この老人を、それほどまでに……ありがたいことです」

かれの目には、細い月の光をうけて、星のように、ちらっとつゆが光った。

見はりやぐら

翌朝《よくちょう》、しらしらあけであった。夜中から、小笠原《おがさわら》と交代して、見はり当番をしていた水夫長が、天幕《テント》に飛びこんできた。

「船長。たいへんな流木《りゅうぼく》です」

浜に、たくさんの材木が、流れついたというのだ。

「みんなを起せ」

私がいうと、水夫長は、大声でどなった。

「総員、流木をひろえ」

「それ」

一同は、飛び起きて、浜べに走った。なるほど、いちめんの流木だ。大小の丸太、角材、板、空樽《あきだる》などが、夜のまに流れついていた。これは、われらの龍睡丸《りゅうすいまる》が、くだけて、ばらばらになって、乗りあげた暗礁《あんしょう》から、流されてきたのだ。みんな、かなしい、なつかしい気もちになって、小さな板きれまで、すっかりひろいあつめた。

なかに、太い円材が、二本あった。龍睡丸の帆桁《ほげた》である。これはいいものが流れつ

いたと、一同はよろこんだ。これと、三角筏《いかだ》の一骨にした円材と、三本の長い円材を、すぐ砂山に運んで、砂山のうえに、見はりやぐらを立てる作業をはじめた。
　大きな円材など、重たい長いものを、船では、ふだん取りあつかっているが、それには大きな滑車や、太いながい索《つな》や、いろいろの道具を使って動かすのである。いまわれわれは、そんな道具を何ももっていない。しかし、運転士と水夫長とは、この方面にかけては、それこそ、日本一のうでまえがあるのだ。いろいろと工夫して、三日がかりで、りっぱな三本足のやぐらを、砂山の頂上に立てた。
　まず、砂の上に、三本の円材を立て、そのてっぺんを三本いっしょに、しっかりと、じょうぶな索でしばった。そして、その少し下に、横木をしばりつけ、この横木に、板と丸太を渡して、見はり番の立つところをつくった。のぼりおりの階段には、横木をしばりつけた。

やぐらの高さ、四メートル半、砂山の高さと合わせて、海面上からは、十二メートル半である。この頂上に、昼夜、見はり番が立って、通る船は見のがすものかと、ぐるりと島を取りまく、半径七カイリ半の水平線を、一心こめて見はるのであった。

さて、やぐらから、通りかかった船を見つけても、船の方では、無人島に、十六人が住まっているとは思うまい。そのまま行ってしまうにちがいない。そこで、船を見つけたら、信号をしなければならない。

こういう場合に、

――ここに人がいる。助けてくれ――

という信号は、煙をあげ、火を見せることで、この信号は、世界中、どこの国の船員にもわかるのである。

やぐらができると、さっそく、かがり火をたく支度をした。やぐらの下の砂山の上に、魚の骨、かめの甲、かれ草、板きれなどを、三ヵ所につみあげ、雨にぬれないように、帆布をかけた。そしてかめの油を入れた石油缶《かん》を手ぢかにおいて、いざという時、万年灯から火種をとって、大かがり火をたき油をかけて、どんどん、煙と火をあげようと、待ちかまえた。

こうして、見はりをおこたらなかったが、その間には、雲のかけら、海鳥の飛ぶすがたも、船かと思ったり、また、夜ともなれば、

「あ、船のあかり」

と、星の光に、胸をおどらせたことも、たびたびであった。

島を中心とした、まんまるな水平線に、ただ目をこらして、通りかかる船を、一日千秋の思いで待った。だが、船はいつ通ることか。一ヵ月後か、一年後か、あるいは……

しかし、いつかは、きっと通るにちがいない。

魚の網

毎日のたべものをこしらえる料理当番も、なかなかの大仕事であった。たきぎを節約して、魚をつって、十六人分の三度の食事の支度をするのである。

六月のはじめから、魚がつれなくなった。みんな、すき腹をかかえる日もあった。

「網がほしい」

と、漁業長がいいだした。そこで、さっそく、網を設計した。大きさは、長さ三十六メートル、高さ二メートル。

「網をすく糸は、帆布をほぐしてとった糸に、よりをかけよう。網につけるうきは、木をけずって焼いたもの。おもりは、流木についていた、大きな釘《くぎ》や金物を使い、たりないところは、タカセ貝をつけよう」

というのである。すぐにはじめることになって、手わけをして、作業にかかった。

せっせと帆布をほぐす者。ほぐした糸に、よりをかける者。板をけずって、網すき針をつくる者。ずんずん支度ができた。四人の会員は、網をすいた経験があるので、網すき専門にかかって、朝から晩まで、毎日手を動かして、十四日間で、とうとうりっぱな網ができあがった。

さあ、まちかねた網だ。さっそく、伝馬船《てんません》に網をつんで、海上で働く者、なぎさで働く者、と、持場をきめて、総がかりで、網をたてた。すると、どうだ。とれたとれた、網いっぱいの魚で、どうにもならない。みんなは、長いぼうで、網から魚を追い出すのに、大骨折りをした。われわれは、これから先、いつまでも魚をたべて、生きて行かなければならない。それで、必要なだけの魚をとって、あとはにがした。

これで、網さえあれば、とうぶん、食糧はじゅうぶんである。しかし、みんなは、いくら魚がとれても、腹いっぱいたべるくせをつけないように、腹八分にたべることを、申し合わせた。それは、冬になって、しけがつづいたり、魚がいなくなる季節がきて、網でも魚がとれなくなるかも知れない。その時の、食糧節約になれるよう、腹をならしておくためであった。

料理当番は、食器の心配もしなければならなかった。お皿には、クロチョウ貝を、おわんにはタカセ貝、お鍋《なべ》には、シャコ貝を使った。

海鳥の季節

島には、一日一日と、海鳥が多くなった。

海鳥があつまる季節が、やってきたのだ。ついに、島いちめんの鳥になって、それが卵を生みはじめた。

あひるくらいの大きさの、オサ鳥をはじめ、軍艦鳥《ぐんかんちょう》、アジサシ、頭の白いウミガラス、それから、アホウドリなどが、二メートル四方に、六、七十も卵を生むので、まるで島は、卵を敷石のかわりにしいたようになった。

鳥は、せまい島の草原や、白い砂の上に、同種類ずつ集まって、けっして、入りまじってはいないのだ。鳥で色わけができていて、それは、国別に色をつけた、地図のようであった。

卵は、むろん食糧にした。ゆで卵にしたり、また、シャベルにかめの油をたらして、火にかけ、シャベルをフライパンの代用にして、魚肉入りのオムレツをつくるなど、料理当番は、かわるがわるうでをふるって、毎日、卵ばかりごちそうした。

この鳥の群を見ていると、おもしろい。

軍艦鳥は、じぶんでえさの魚をとらずに、オサ鳥が海上を飛びまわって、さんざん働いて、うんと魚をのんだところを見さだめて、ふいに飛びかかって攻撃し、ひどくいじめて、のんだ魚をはき出させて、横取りしてしまうのだ。

軍艦鳥は、鳥の追いはぎだ。

しかし、われわれもときどき、軍艦鳥のまねをした。腹いっぱい魚をのんで、海岸にぼんやりしているオサ鳥を、ふいに、大声でどなったり、ぼうで地面をたたいておどかして、四、五ひきの魚をはき出させ、それをひろって、つりのえさにしたこともあった。

アホウドリは、とても大食いな鳥だ。胃も食道もいっぱいになっても、まだ魚をのんで、大きな魚を半分、口からだらりとぶらさげて、胃のなかの魚の消化するのを待っていることがある。こんなときは、おなかがいっぱいで、よく飛べないらしい。ぼんやり、海にうかんでいるすがたは、まったくのアホウドリだ。

ゆだんのできないのは、ウミガラスで、じつによく、ふんをする鳥だ。白い頭、目のまわりも、めがねをかけたように白。尾は黒く、全身は、鉄ねずみ色である。それがむらがって飛んでいるので、飛んでいる下は、ふんの雨が降ってくる。天幕《テント》のそとに出ると、われわれのまっ黒に日にやけた全身は、ウミガラスに、ふんの白がすりをつけられてしまう。

鳥の卵は、じつにおびただしい数で、いくら注意して歩いても、きっと、いくつかの卵をふみつぶすくらいだ。それが、何万というひなどりになったときの、さわぎと、やかましさ。夜が明けるやいなや、日のくれるまで、たえまもなく、親鳥が、かあかあ、げえげえ、ひなどりがぴいぴい、まったく、たいへんなやかましさである。だが、毎日卵をたべさせてくれる鳥だ。われわれは、鳥をいじめはしなかった。

アジサシのひなは、まだ、羽が生えそろわないのに、よちよち歩いて、ぴいぴい鳴きながら、波うちぎわに、たくさんむらがって、親鳥が、海から魚をくわえて帰って

くるのを、待ちわびている。沖から飛んで帰った親鳥は、まちがいなく、わが子をさがし出して、えさをやっている。まっ黒なはだかの、たくましい男たちが、うで組みをして、じっとこの親子の鳥を見ていた。

漁業長は、

「おい、親のありがたいことが、わかったろう。これからは、いっそうからだをだいじにして、国に帰ったら、うんと親孝行をしろよ」

といった。

鳥が人を攻撃する。といっては、少し大げさだが、夕方、一日の作業を終って、さて一風呂《ふろ》と、太平洋という、大きな自然の風呂にひたっていると、海鳥が、頭をつっつきに来て、あぶない。とがったくちばしで、ずぶり、やられてはたいへんだ。この大風呂にはいっている間、足の方はふかの用心、頭は海鳥の用心をしなければならなかった。

海鳥は、海面にういているものは、なんでも、たべられると思うらしい。航海中、海に落ちた水夫が、たちまち、アホウドリの襲撃をうけて、ボートが助けに行くまでに、あの大きなとがったくちばしで、頭にあなをあけられたり、殺されたりした話もある。

海鳥の肉は、たべなかった。ぜいたくをいうようだが、正覚坊のおいしい肉をたべつけていては、海鳥の肉は、まずくてたべられないのだ。

海鳥のひなは、卵から出ると、おしりに卵の殻をつけたまま、すぐに歩く練習をはじめ、少し歩けるようになると、ろくに羽ものびないのに、もう飛ぶ練習をはじめ、なぎさでおよぐけいこする。こうしてずんずん大きくなって、やがて親鳥といっしょに、島から飛びさって行くのだ。

こうして、島の鳥は、毎日だんだん少なくなって、いつのまにか、またもとのように、数百羽の鳥だけが島にすむようになった。

海がめの牧場

鳥の大群が、島から飛びさったら、まもなく、海がめが、卵を生みに島にやってきた。

七月になると、海がめが、ぼつぼつ、島へあがってくるようになった。つかまえたかめを、すぐに食べてしまうのは、もったいない。そこで、漁業長に、

「今から、冬の食糧の支度に、正覚坊を飼うことを研究してくれ」

と、いっておいた。

そこで、島へあがってきた、五頭の正覚坊をとらえて、大きな井戸に入れて、飼うことにした。この井戸は、われわれが島へあがった第一日めに、一生けんめいほったものでで、まだそのまま、ほりっぱなしにしてあったのだ。

結果がよかったら、かめを飼うための、大池をほるつもりでいたが、翌日見たら、五頭とも死んでいた。きっと、石灰質のたまり水に、中毒したのであろう。これで、かめの生洲《いけす》は、だめなことがわかった。

「それでは、正覚坊の牧場をこしらえよう」

ということになった。

海岸に棒杭《ぼうぐい》をうちこんで、じょうぶな長い索《つな》で、正覚坊の足をしっかりしばって、その索を棒杭に結びつけておいた。

かめは、索の長さだけ、自由におよぎまわって、かってにえさをたべ、時には砂浜にはいあがって、甲羅をほしている。毎日見まわっては、索のすれをしらべ、索がすり切れて、にげて行かないようにした。また前足と、後足としばるところも、ときどきとりかえてしばった。

そして、前につかまえたかめから、じゅんじゅんにならべて、棒杭につないだが、ついに、三十何頭かになって、すばらしいかめの大牧場が、二ヵ所もできた。そして、「かめの当番」をきめた。これは、毎日かめの牧場を見まわり、かめの世話をする、かめの監督さんだ。かめをとらえてから日数の多くなったもの、すなわち、古いものから、たべることにした。

海がめの産卵がはじまってから、練習生と会員は、漁業長の指導で、これについての研究をはじめた。

かめは産卵のため、夜、島にはいあがる。そして、砂地を後足で、ていねいにほって、そこに、正覚坊は、一頭が、九十から百七十個ぐらいの卵を生み落し、その上によく砂をかけて、海へ帰って行く。タイマイは、一頭で、百三十から二百五十個ぐらいの卵を生むことが、わかった。

かめは卵を生みつけてから、ていねいに砂をかけておくけれども、足あとを砂の上にはっきり残しておくので、卵のある場所は、われわれには、たやすく見つかった。

さて、かめが卵を生みつけた砂の表面は、日中はよく陽《ひ》があたって、砂の中は、ほどよい温度をたもっているので、卵があたためられて、かえるのである。こうして、三十五日すると、しぜんに孵化《ふか》した、さかずきぐらいの大きさの赤ん坊がめが、くもの子を散らすように、ぞろぞろ砂からはいだして海へ海へとはって行くのだ。

正覚坊の卵は、うまい。鶏卵より小さくて、丸く、灰白色の殻はやわらかで、中にはきみとしろみがある。

タイマイの卵も、うまい。そして、いくらゆでても、しろみがかたまらない。

しかし、その肉はにおいがあって、食用にならない。そしてこのかめは正覚坊よりは元気があって、よくかみついた。

正覚坊のことを、一名アオウミガメというのは、暗緑色で、暗黄色の斑点《はんてん》があるからで、大きさも、形もよくにた海がめにアカウミガメというのがある。これは、からだが、うすい代赭色《たいしゃいろ》で、甲は褐色であるからだ。アカウミガメの肉は、においがあって、食用にならない。肉ににおいのあるかめは肉食をして、魚をたべているかめで、正覚坊は海藻《かいそう》をたべているから、においがないのだ。

われわれは、魚とかめが常食で、卵がごちそうであるが、残念ながら野菜がない。

「青いものがたべたい」

と、だれもが思った。

そこで、島に生えている草を、よくしらべてみると、四種類あることがわかった。

その中の一つは、葉をかんでみたら、ぴりっと辛かった。根をほってかむと、まるでワサビのようであった。

「これは、いいものを見つけた」

と、それからは、この島ワサビをほって、さしみにそえて、たくさん使った。気のせいか、島ワサビをたべはじめてから、おなかのぐあいもいいようだった。

おなかのぐあいといえば、鳥の卵と、かめの卵ばかりを、毎日たべつづけたとき、十六人とも、大便がとまってしまった。これには、まったくこまった。下剤がほしいが、そんなことをいったって、薬があるはずがない。しかしどうにもしかたがなくなったとき、目の前に無尽蔵《むじんぞう》にある海水を、おわんに半分ぐらい飲んだ。ずいぶんらんぼうなことだが、そうするとおなかがぐうっと鳴りだして、すぐおつうじがある。まったくの荒療治で、これでは、からだがよわるばかりで、くりかえしては、健康のためによくない。そこで、卵ばかりたべずに、かめや魚をとりまぜた献立を、料理当番に命令した。

アザラシ

島には、小さな半島があって、そこに、ヘヤシールという、小型のアザラシのいたことは、前に話したが、それについて私は、

「アザラシのところへは、だれも行くな。アザラシに、人間をこわがらせてはいけない。大病人のでたとき、アザラシの胆《きも》を取って、薬にすることもあろう。また、冬になって、アザラシの毛皮をわれわれの着物にすることもあろう。いよいよ食物にこまったら、その肉をたべよう。それには、いざという時、すぐにつかまえなくてはなんの役にもたたない。われわれは、小銃ひとつないのだ。手どりにしなければならないから、かれらに人間をこわがらせないように、だれもアザラシの近くに行くな」

と、みんなに、かたくいいわたしておいた。

ところが、十六人の中に、とても動物ずきな漁夫がいた。それは、国後《くなしり》である。かれは少年時代から、犬ねこはもとより、野の小鳥までもならした。口ぶえでよぶと、野の小鳥が、かれの肩にとまったというのだ。かれが漁夫見習となって、漁船に乗って、カムチャツカに行ったとき、アザラシの子をつかまえて、よくならしたことがあ

った。この島でも、アジサシのひなが、かれにはよくなついた。

半島に、二、三十頭、いつでもごろごろしているアザラシを目の前に見て、動物ずきのかれは、じっとしていられなかった。船長の命令は、やぶることができない。しかし、いく日も、がまんにがまんしたあげく、かれは三日月の夜、つった魚をおみやげに持って、一人こっそり、天幕《テント》をぬけ出して、アザラシに近よって行った。まだ人間を知らない、毛皮の着物をきた動物は、はだかの人間と、すぐになかよしになった。

それからは、夜中や、朝早く、少しの時間、かれとアザラシはいっしょにいた。かれが、この海の友だちの、のどやおなかをなでてやると、アザラシはあまえて、はなをならして、気もちよさそうに眠るくらいになった。

ところが、帰化人の範多《はんた》も、前にラッコ船に乗っていたとき、アザラシの子を飼ったことがあって、かれも、こっそり、アザラシと親友になっていた。

ある晩、アザラシ半島で、思いがけなくも、国後と範多とは、ばったり出あった。

「びっくりしたよ。なんだ、国後か」

「わしもおどろいたよ。範多か」

こうして、アザラシならしの名人二人は、アザラシと友だちになった喜びを、ひみつにしておけなかった。二人は、人間の友だちを、一人つれ、二人つれて行っては、アザラシに紹介した。このことを運転士が知ったときは、水夫や漁夫たちは、たいていアザラシの友だちであった。

「アザラシに近よるな」

これは、船長の命令である。結果はよかったにしても、アザラシに近づいたのは、たしかに、命令にそむいたのだ。

「規律をまもれ」

これは、島の精神だ。

「アザラシとなかよしになったことが、とうとう、運転士さんに知れたらしい」

「どうしよう――こまったなあ……」

アザラシの親友の、国後と範多は、ひたいをよせて、ささやきあった。

「あやまろう。それよりほかにしかたがない――」

アザラシならしの代表国後は、おそるおそる運転士の前にでた。かれは、かしこまって、うつむいて、ぼそぼそとつかえながらいった。

「船長の命令にそむいて、アザラシのところへ、いちばんはじめに行ったのは、私です。すまないことをしました――ごめんなさい」

運転士は、国後が、すっかりしおれているすがたに、まっ正直な心が、あふれているのを見た。

「こまったことをしたな。規律はよくまもるんだぞ。こんどのことは、私から船長へ、よくお話ししておこう」

「へい……すみません。お願い申します」

「これからは、気をつけるのだぞ。だが、せっかく友だちになったのだ。アザラシとは、いつまでもなかよくしろよ」

「へえ、ありがとうございます」

国後につづいて、範多も運転士の前にでて、あやまった。

こうして、ひや汗を流してあやまったあと、国後と範多は、はればれした顔色で、毛皮の友だちのいる、アザラシ半島をながめた。

宝島探検

炊事用のたきぎのたくわえが、日ごとに少なくなるのが目立って、たいそう心細くなってきた。使いつくしたらどうしよう。魚の骨や、かめの甲の代用では、とてもまにあわない。

島から西の方に、べつの島のあることを、私は前に海図を見て、おぼえていた。それでみんなにそのことを話して、

「その島を、探検しよう」

といった。探検ときくと、一同、われもわれもと、行きたい者ばかりだ。

そこで、運転士と水夫長とにるすをたのんで、私と漁業長とは、櫓《ろ》を漕《こ》ぐことの達者な者四人をえらんで、探検に行くことにした。用意は、いちばんたいせつな飲料水として、雨水を石油缶《かん》に一缶。井戸ほり道具、宝物のようなマッチの小箱一個、まんいちの食糧として、缶づめ数個、つり道具。これを伝馬船《てんません》につみこんで、六月二十日の朝、天気のよいのを見きわめて、いよいよ出発した。見送る者も出かける者も、真心をこめたあいさつがかわされた。

小さな伝馬船で、海図も羅針儀も持たずに、おおよその見当をつけて、なんの目標もない、太平洋のまんなかへ乗りだして行くのだ。こういう場合、羅針儀はなくても、正確な時刻と、太陽の位置がわかれば、おおよその方角はわかる。しかし今は、時計もないのだから、おおよその時刻と、太陽の位置によって、方角をきめ、頭の中にえがく海図とてらしあわせて進むのだ。

めざす島は、ひくい小さな砂の島だ。三キロメートルもはなれたら、見えはしない。

少し方角がそれたら、島はもう見つかるまい。広い広い水の世界から、細い針でついたほどの小さな島を、さがし出そうとするのだ。らんぼうだと思えるだろう。じっさい、こういう航海は、ただ考える力と胆力にたよる、いちばんむずかしい航海術なのだ。しかし、海の上で経験をつんだ、きもったまの太い日本海員は、こういう探検に出かけるとき、どんなことがあっても、きっと島をさがし出す、という強い信念をもって出発するのだ。

われらは、西だと思う方へ、海流にさからって櫓を漕いだ。二時間も漕いだ。龍睡《りゅうすい》丸《まる》が難破した岩のところを通りこして、ずんずん進んだ。それから先ははてもない、ただ水と空。伝馬船は、強いむかい潮を正面から受けて、およぐように進んで行った。だが、島はさっぱり見えない。

龍睡丸が難破した岩から、三時間ぐらいも漕いだ。太陽は頭の上にある。正午だ。それからまた二時間。午後二時ごろだ、しかし、まだ島は見えない。

みんな前の方の水平線を見つめている。からだじゅうの神経が、目ばかりに集まったように、いっしんに見ている。

「もう見えそうなものだ」

などと、めめしいことはだれもいわない。きっと島が見つかるような顔をして、みんなへいきでいる。なんというたのもしい人たちだろう。私は、みんなをなぐさめるつもりでいった。

「おそくなったら、今夜は見つけた島へとまって、明日《あした》帰ろう」

するとと漁業長が、

「まだ、島は見えないのですから、夜通し漕がなければならないかも知れません」

水夫の一人が、

「明日の朝までには、島は見えるでしょう」

この男たちは、今夜一晩中、西へ漕ぐつもりらしい。まったくの海の男だ。しかし、この大洋のまんなかで、日がくれてしまったらたいへんだ。新しい島を見つけるどころか、われらの島へ帰ることもできなくなるだろう。

だが、日がくれれば星が出る。北極星《ほっきょくせい》は、真北にあるのだから、北極星を見て、方向をたしかめることができるけれども。

私は、立ちあがって、ぐるりと見まわした。やはり、まるい水平線ばかりで、島らしいものの、かげもない。

なおも漕ぎつづけて、とうとう午後三時頃になった。

「見えましたっ」

とてつもない大声で、会員の川口がどなった。

なるほど、指さす水平線に、ちょんぼり、針の先でついたほどの黒点が見える。まさしく島にちがいない。しめた。これさえつかまえたら、島はもうわれらのものだ。川口はいちばん背が高いので、だれよりも早く、島を発見することができたのだ。

島に近よると、大きさは、われわれの住んでいる島の、二倍はあろうか。ひくい島で、草やつる草はしげっているが、木は一本もない。海鳥がたくさんいる。

島にあがってみておどろいた。たいへんな流木だ。島のまわりいちめんにうちあがっていて、その間に正覚坊が、ごろごろしているではないか。

「これはいい島だ」

「宝の島ですよ」

「よし、宝島と名をつけよう」

私は、宝島と名をつけた。宝島は、できてから、まだ新しいのだろう。表面に砂や土が少ない。

さっそく、井戸をほりはじめたが、かたい珊瑚質《さんごしつ》の地面で、飲料水の出る見こみはない。そのうえ、島を横切って、川のように海水が流れ通っているのだ。井戸ほりをやめて、流木とかめとを伝馬船につみこんだ。

漁業長は、魚がたくさんいるといって喜んだ。たちまち大きな魚を六、七ひきつりあげて、流木のたき火で焼いた。夕食の支度だ。

流木は、よほど古い時代の、日本船のこわれた杉材や、西洋帆船の太い帆柱をはじめ、たくさんの船材で、これからさき、二ヵ年ぐらいのたきものはある。まるで、たきぎと海がめの、倉庫のような島だ。

流木をしらべていると、その中に、うすい銅板をはりつけた、船底板があった。これはいいものを見つけた。すぐ、伝馬船につませた。

日がしずまないうちにと、大いそぎで島を一とおりしらべてから、魚の焼いたので、夕食をすませた。時間はまだ日ぐれまでには、一時間ぐらいはあった。すぐに出発すれば、夜中までには、われらの島へ帰れる見こみはある。私は立ちあがった。

「さあ、いそいで帰って、みんなを喜ばせよう」

「それ。出船だ。つれ潮だぞ」

つれ潮というのは、潮が船の進む方向に流れることで、つれ潮に乗ると、船は潮に送られて、速力が出るのだ。

「がんばって漕ごう」

大きな正覚坊六頭と、たきぎを船いっぱいに積んで船足の重い伝馬船は、東へむか

って、帰りの航海についた。くたびれてはいるが、宝島の発見で、元気が出て、櫓拍子も勇ましく漕ぎ進んだ。
夕ぐれとなって、太陽が水平線にしずむと、西の空にうかぶ雲は、レモン色の美しさ、それが煉瓦色《れんがいろ》になり、やがて紅色に、だんだんと鉄色の夕やみになってしまった。西の空も水平線も黒くなると、星が青く赤く、鏡の海にかげをうつしはじめた。水平線に近く、ひくいところに光る北極星をめあてに東に方角をきめて、漕ぎつづけた。この星をたよりに、われらの小さな島を、夜の海に、さがさなくてはならないのだ。
そのころ、島に居残っていた人たちは、心配しはじめた。日がくれても、探検船は帰って来ない。探検船には、海図も羅針儀もない。だいじょうぶ、たしかに帰ってくるとは思うが、ちょっとでも方角がそれたら、この島を通りこしてしまうかもしれない。そうしたらたいへんだ。それにしても、西の島は見つかったろうか。ある者は、見はりの砂山にのぼり、やぐらにのぼり、また海岸に立って、星空の下の、まっ暗な水平線を、瞳《ひとみ》をこらして心配そうに、何か見えはしないかと、見つめていた。

しかし、探検船は、帰ってくるけはいもない。時は、ずんずんたっていく。

「火をたけ」

運転士の号令だ。一同は、さっと緊張した。ばらばらっと、砂山にかけあがり、たちまち、大かがり火をたきはじめた。

二時間も三時間も、たきつづけた。たきぎがありったけもやそう。かめの甲、魚の骨、かれ草、油、これもありったけもやしつづけよう。見はりやぐらにのぼった者も、海岸に立った者も、やみをすかして、黒い海を見つめるのであった。今にも船が帰って来るかと、いや、どうぞ帰って来ますようにと、心に念じ、全身を目にして……

一方、われらの伝馬船では、ゆくてのやみの水平線に、かすかな火《ほ》さきを見つけた。

「島で、火を見せている」

「みんな、待っているぞ」

「みやげものに、たまげるぞ」

たいせつなたきものを使って、火をあげているのを見ては、櫓を漕ぐのにも、しぜんと力がはいる。それに追潮だ。船足ははやい。伝馬船のへさきは、火の方に向いていたから、そのままうんと漕いだ。

島のみんなの心配のうちに、とうとう午後十時すぎごろになった。

「おお、伝馬船が」

浜に立っていた漁夫の一人が、大声にさけんで、飛びあがった。

「おうい」

島に居残った一同は、声をあわせてさけんだ。

と、海から、

「おうい」

と、かすかな返事が聞えてきた。つづいて、

「よんさ、ほうさ、ほらええ……」

櫓拍子にあわせる掛声が、遠くから、だんだんはっきり聞えてくるではないか。

船が帰ってきたというので、かがり火は、海岸にうつされた、そのかがり火の、あ

かるい光の中へ、伝馬船は、おみやげを山とつんで、ぶじに帰りついたのだ。

「お帰りなさい。どうでした」

「宝の島が見つかったよ」

「これこのとおり、かめが六つだ」

「流木が満船だ」

「こりゃ、たまげた」

るす居した者たちは、かめや流木を、やんさ、やんさ、と浜へおろし、伝馬船を砂浜へ引きあげた。さっきまでの心配は、どこへやら、大喜び。それから、かがり火のそばで、円陣をつくって、宝島の話にむちゅうでき入った。

「や、もう夜中だ。ごくろうだった。みんなおやすみ」

探検もぶじにすんだのだ。全員はそろって元気だ。私は、きらめく満天の星をあおいで、立ちあがった。


探検の翌日、六月二十一日、朝食後、きのうの探検で発見した島に、「宝島」と名をつけることにきめ、今われわれの住んでいる島を、「本部島」とよぶことにきめた。

それから、宝島から、たきぎとかめとを運ぶことについて、そうだんをした。

伝馬船で、宝島と本部島の間を航海するには、天気をじゅうぶんに見きわめて、海のおだやかな時でなければできない。十月になると、海は荒くなって、交通はできない。それまでに、できるだけたくさんの流木《りゅうぼく》とかめとを、本部島に運んで、冬の支度をしなければならない。

そこで、さしあたって、六人が伝馬船に乗って、宝島に渡ることにする。そして、流木とかめとをつんだ伝馬船は、三人で漕いで帰り、あとの三人は島へ残って、流木を集め、かめをとらえて牧場をつくって、つぎの船を待つ。つぎの船で、本部島から三人が出かけて行き、島の三人と交代して、宝島に残る。宝島には、いつでも三人ずつ残ることにする。

本部島からは、飲料水を石油缶につめて送るが、宝島でも、天幕《テント》の屋根から雨水をあつめて、ためておくくふうをすること。宝島での食物は、魚をつってたべることにして、かめは、まんいち魚のとれない時の用意に、いつでも十頭ぐらいは、食用として残しておき、あとのかめは、本部島へ送ること。

また、島をよくしらべて、なんでもめずらしいと思ったもの、発見したものは、どんな小さいことでも、かならず本部島へ報告すること。

伝馬船は、朝早く、まだ暗いうちに出発して、日中の航海をして、夜の航海はしない。けっしてむりをしてはいけない。たとえ出発しても、天気がわるくなったら、すぐとちゅうからひき返して、気長に天気のよくなるのを待つようにすること。

宝島で、いちばんだいじなことは、通る船の見はりである。宝島には、流木がたくさんあるから島に着いたらすぐに、高いやぐらをつくって、そこから、一人はきっと、四方の海を見はること。信号の「たき火」は、宝島にはたきぎがたくさんあるから、すぐできる。あとは、いつでも火種のとれる、万年灯《まんねんとう》をつくればいい。

これらのことを、しっかりときめた。

それから、いよいよ宝島へ行く、水夫長以下をきめた。飲料水を石油缶につめたり、天幕にする帆布、索《つな》、万年灯の油、つり道具、まんいちの用意として、かんづめ十個、マッチの小箱一個をかんづめの空缶に入れ、雨着の布でげんじゅうに包んだものなどをとりそろえて、あすでも天気がよければ、出発できるようにした。

無人島教室

きょうの作業は、きのう宝島から持ってきた、流木のなかの、船底板にはってある、銅板をはがす仕事であった。

うすい銅板を、ていねいに釘《くぎ》をぬいてはぎとり、はがき二枚ぐらいの大きさの銅板を、六枚こしらえた。流木の中の、あつい板きれをより出して、これに銅板を釘でうちつけ、鉄釘の先をとがらせたものを、ペンのかわりにして、この銅板に、

「パール・エンド・ハーミーズ礁《しよう》、龍睡丸《りゆうすいまる》難破、全員十六名生存、救助を乞《こ》う。明治三十二年六月二十一日」

と、私が日本文で書き、また、おなじ意味を、帰化人の小笠原《おがさわら》に、英文で書かせた。

この銅板の手紙（流し文《ぶみ》）を、海に流そうというのだ。

みんなで、伝馬船《てんません》を沖に漕《こ》ぎ出して、それを流した。

「銅の手紙よ、はやく、どこかへついてくれ。だれかにひろわれてくれ。たのむぞ――おまえには、十六人の、心をこめた願いがかけられているのだ……」

一枚、一枚、海に流すたびに、伝馬船の上から見送りながら、みんな祈った。

しかし、この流し文を配達してくれるのは、海流の郵便屋さんだ。いつ、どこへ配達してくれることか。流したところは、太平洋のまんなかで、横浜へも、アメリカのサンフランシスコへも、おおよそ五千キロメートルはある。しかし、海水のつづくかぎり、いつかどこかへ、流れつくにちがいない。風も手つだって、ふき送ってくれるだろう。流し文に、みんなは、切なる希望をつないだ。

銅板の手紙は、おひるごろに流した。午後の学科の時間に、私は、「なぜ船底に、銅板をはるか」という話をした。

陸の人の、ちょっと気のつかない船の底——船の海水につかっている部分——には、海藻類や貝類がくっつく。それがだんだんに成長して、船底いちめんになって、船板が見えなくなってしまう。ちょうど、地面に雑草や苔《こけ》がいちめんに生えて、地はだが見えなくなるのとおなじだ。こうなるとすべすべした船の底板が、ひどくざらざらになって、すべらなくなるから、船の速力が出なくなる。帆船もこまるが、汽船では、よほどたくさん石炭をたかなければ、船底がすべすべしている時のように、走れなくなる。

木船だと、またこの上に、船食虫《ふなくいむし》という虫が、船底の木板を食って小さなあなをあけ、その中に住むようになる。そして、船底いちめんにあなをあけて、蜂《はち》のすか、海綿のようにしてしまう。これは、おそろしいことで、船の中へ海水がはいってくるばかりか、あらしのとき、荒波とたたかっていた船が、虫食のために船底がこわれて、沈没したこともある。むかし西洋で、軍艦が木船であった時代には、

「敵の大砲の弾丸よりも、船食虫の方がおそろしい」

パール・エンド・ハーミーズ礁。
龍睡丸難破。
全員十六名生存、
救助をこう。
明治三十二年六月二十

とさえ、いわれたのだ。

それで、この船食虫をふせぐのには、どうしたらいいか、これには、大昔からずいぶん長い間木船に乗る人たちは苦心したものだ。西洋では、二千年の昔、木船の底を、うすい鉛の板でつつんだ。こうすれば、虫はあなをあけないが、海藻や貝のつくのはふせげない。のちに英国海軍では、軍艦の底を、鉛の板でつつむことをやめてしまった。それは、鉛の板でつつむと鉄の釘や、舵《かじ》の金物が、くさったようにひどくぼろぼろになってしまうからだ。

そして、今から百八十年ほど前、英国で、一隻《せき》の木造軍艦の底を、銅の板でつつんで試験をしたところ、月日がたっても、速力が少しもへらない。これはすてきだと大喜び。それから木の船は、みんな、銅のうすい板で底をつつむことになったのだ。今日では、銅のほかに、黄銅でもつつんでいる。

銅の板には、虫があなをあけない。そして、やはり海藻や貝は、くっついて成長する。けれども銅と海水が化合して、銅の板の表面に、硫酸銅や、炭酸銅という、かさぶたのようなものができる。さてこのかさぶたが、だんだん大きくなると、船が走るとき、水が船底にぶつかるいきおいで、かさぶたを、ぽろりとはがしてしまうのだ。そして、かさぶたの表面に成長した、海藻や貝が、かさぶたといっしょに落ちて、新しい、すべすべした銅の表面があらわれるので、船の速力がおそくならないのだ。いまでは、各国とも、木船の底は、銅か黄銅の板でつつまなければいけない、という規則ができている。

「船食虫のことは、漁業長から、話があるから、よく聞くように。何か質問があるか」

浅野練習生は、立って質問した。

「鉄の板で、木船の船底をつつんでは、いけませんか」

「それもいい。だが、船が重くなる。船食虫はふせげるが、海藻や貝は、たくさんつく。そして、銅のように、しぜんにはげて落ちない。だから、鉄や鋼《はがね》の船も、これにはこまっている。ときどき造船所のドックに船を入れて、船底についたものを、きれいにかき落して、鉄のさびないペンキと、海藻や貝をふせぐ、とくべつのペンキをぬるのだ。鉄船や鋼船の底が赤いのは、このペンキがぬってあるからだ」

秋田練習生も、質問した。

「木船の底にぬって、虫や海藻などをふせぐことのできるペンキは、ないのですか」

「鉄船、鋼船の底にぬるペンキでも、かんぜんに、海藻や貝を、ふせぐことはできない。まして木にぬったり、しみこませたりして、かんぜんに虫や海藻などをふせぐペンキや薬は、まだ世界に発明されていない。どうだ、勉強して発明してみないか」

「はあ――やります」

会員の川口は、

「ほかに、木船の底をつつむものはありませんか」

「木の板でつつむこともある。つまり、二重張りの板底にするのだ。こうすると、外がわの板は虫が食うが、内がわの板までは食わない。しかし、ときどき、外がわの板をはりかえなければならない」

つぎには、漁業長が、船食虫の話をした。

「船食虫と一口にいうが、種類は多い。だいたい三つにわけて話をしよう。まず、海のなかの木材や、木の船底を、やたらに食ってあなをあける。キクイムシ。これは、長さ三、四ミリぐらいで、ワラジムシのような形をしている。つぎにもう一つ、おなじような形で、少し大きい、キクイモドキは、長さ六ミリぐらい。二つともそれぞれ種類が多く、寒い海、暑い海、世界中の海にいて、木や板にむらがって、あなをあけて住みこみ、かたい木を、まるで海綿のようにしてしまう。海中の白蟻《しろあり》のような、害虫だ。

三番めのは、フナクイムシ。これは、ミミズのような長い虫で、はじめは小さい虫で、木や板の表面にとりつき、あなをあけて住みこむ。だんだん大きく長くなるにつれて、あなを深く大きくして、しまいには、三十センチぐらいにもなり、もっと長くなるのもある。

いままでは、木船の船底に、銅のうすい板をはって、これらの虫をふせぐことができるからいいが、銅板をはらない木船の底へ、出口のないトンネルのような深いあなを、れんこんの切り口のように、船底いちめんにあけられては、どんな船でもたまらない。まったく、木船にとっては、おそろしい虫だ。

また、船底につく海藻は、アオサ、ノリの類《たぐい》が多い。貝では、カキ、カメノテ、エボシ貝、フジツボなどで、フジツボが、ふつういちばんたくさんにつく。フジツボは、富士山のような形をした貝で、直径五センチ、高さ五センチぐらいの大きなものもある。これが、船底いちめんにつくのだ。このフジツボは、主人である虫が死んでも、殻だけは船底についている。この空家になった殻のなかに、魚やカニなどの小さな子どもがはいりこんで、船に運ばれて、遠くへ旅行することがある。それで、大西洋の魚が、太平洋へきたりするのだ。

大昔、西洋人は、

『フジツボは、船の進行をとめるまものだ』

といった。それは、船長もいわれたように、この貝がたくさん船底につくと、船の速力が出なくなるからだ」

天幕の中で、流木の丸太に腰かけて、ねっしんに話をきくはだかの生徒。空箱の椅子《い》《す》に腰をおろして教えるはだかの先生。机も、黒板も、紙も鉛筆も、なんにもない無人島教室に、こうした学科が進んでいった。

塩をつくる

食物に味をつけたり、魚をたくわえたりするのに、塩がほしかった。料理当番も、たべる方も、

「魚の塩焼ができたらなあ――」

と思うのであった。

これは、できないことではない。

「塩をこしらえよう」

「では、どうしてつくるか」

みんなのちえをあつめてみた。

まず、天日製塩法《てんぴせいえんほう》がある。これは、太陽のてりつける砂浜に、海水をまき、水分を蒸発させて、塩をとるのであるが、島の砂は、白珊瑚《さんご》のくだけたものであるから、まっ白である。これに反射《はんしゃ》する日光は、目をぐらつかせるほどであるが、日中、はだしで砂の上を歩いても、足のうらが熱くない。白い色は、熱をすいとらないからだ。この砂の上に海水をまいて、天日でかわかしても、とても塩はとれまい。そこで、

「こんど見つけた宝島の、たきぎを使って、海水を煮つめて塩をとろう」

ということになった。

いろいろくふうして、傾斜した長い大きなかまどを、珊瑚のかたまりできずいた。細長いかまどはおくの方を高くして、その先に煙突をつけた。その長いかまどの上に、海水を入れた石油缶《かん》を、一列にならべ、かまどの口もとで火をたくと、おくの方まで、じゅうぶんに火がまわった。

宝島から運んできたたきぎを、山とつんで、まる一日たきつづけた。ところが、たいせつなたきぎをうんとたく割合に、できる塩がすくない。

「これではしかたがない。——どうしよう」

ひたいをあつめてそうだんした。漁業長が、いいことを考えだした。

「海綿の大きなのを集めて、海水をかけ、天日にかわかしては、また海水をかける。これを、いくどもくりかえして、しまいに海綿が、塩分のたいへんにこい汁をふくむようになったとき、その海綿からしぼり出した汁を煮つめたら、いいと思う」

というのだ。

「これは、すばらしい考えだ」

「新発明だ」

「では、きょうの作業は、海綿あつめだ」

海には、どす黒い、生きた大きな海綿がいる。それをたくさんとってきて、浜の砂をほってうずめておいた。こうしておくと、海綿の虫が死ぬのだ。

一方、炊事場のかまどの灰をかきあつめて桶《おけ》に入れ、井戸水をいれて、黄色のあくをこしらえた。海綿は、二日間砂にうずめておいてからほり出して、日光にさらし、それからあくでよく洗ったら、オレンジ色のりっぱな海綿ができた。

このたくさんの、きれいな海綿を、砂の上にならべて海水をかけ、半がわきになると、また海水をかけ、何度もくりかえすと、しまいにこい塩分をふくむようになる。それを、石油缶にいれた海水の中で、よくもみ出して、しぼり出し、その水を煮つめたら、少しのたきぎで、かなりの塩ができた。まだなれないので、色はねずみ色で、ごみが多かったが、りっぱに役にたつ。

料理当番は、さっそくこの塩を使って、ぴんぴんした魚の塩焼をつくった。一同は、「どうだい、このおいしいこと」

大よろこびである。

「魚の塩づけもできるぞ」

「まずこれで、塩もできた。もっと何か考え出してくれ」

と、私はいった。

塩製造当番が、また一つふえた、そして、だんだんやっているうちに、白い大きな結晶《けっしょう》した塩ができるようになった。

その後、たきぎの関係から、塩の製造所は、宝島にうつされた。

天幕《テント》を草ぶき小屋に

ある日、漁業長がいい出した。

「網を作ったので、帆布《ほぬの》を、かなりたくさん使ってしまった。これからも、網を作る材料は、帆布よりほかにない。それに帆布は、大病人や、けが人のできたとき、つり床にも必要だ。冬になれば、見張当番のがいとうになる。そのほか、いくらでも役にたつ貴重品だ。その帆布を、天幕にはっておくのはおしい。このまま天幕にはっておけば、一年もたてばあながあくだろう。二年もすれば、ぼろぼろになってしまう。さいわい、宝島の流木の中には、木材や、長い板、船室の出入口の扉などがある。また、本部島と宝島の両方の島には、草がたくさん生えている。天幕をやめて、草ぶきの小屋にしては、どうだろう――」

一同は、これはいい思いつきだ、と、大さんせいであった。十六人の多くは、漁村、農村の草ぶき屋根の家で生まれ、そだった人たちだ、なつかしい草ぶきだ。宝島で木材をよりあつめ、葉の長い草をかって、本部島と宝島の小屋は、草ぶきになった。

水夫長の工夫で、柱と屋根を、丈夫な木の骨組にして、屋根には厚く草をふいた。夜ねるときには、四方に帆布をさげて風よけにし、日中は、その帆布をまきあげておく。雨降りのときは、風よけの帆布を、そとの方へ四方に引っぱって、屋根から落ちる雨水を受けて、石油缶《かん》にためるようにした。そして、たいせつな雨水が、なるたけたくさんたまるようにと、草ぶき屋根のまんなかへ、「水」という字を、草の根で、大きく紋のようにつけた。

ときどき雨が降るので、たまった雨水を、井戸水にまぜて飲んだ。草は、われわれには、たいせつなものである。草の根は、できるだけ保護して、草がよくしげるようにした。

屋根を草でふいたことから思いついたのであるが、両方の島の葉のながい草を、ジャック・ナイフでかりとっては、日にほして、馬のたべるような乾草《ほしくさ》を作った。これは、冬の支度である。

乾草をあんで、ござ、むしろのようなものを作って、小屋の中にもしき、また、夜具、腰みの、小屋の風よけなどにしようというのであった。

いったい、帆船の水夫は、工作が上手だ。船にいるときには、古い索《つな》をほぐして、長い毛のようにし、それを糸にとって、その糸をあんで、靴ぬぐい、ござなどを作る。それから、帆や太い索の、こすれるところへあてる、いろいろの形のすれどめを、上手にあむのだ。

島でもみんな、休み時間に話をしながら、乾草をずんずんあんで、乾草のしき物や、手さげかごなどがりっぱにできた。

たきぎをたばねる縄も、みんな草縄にした。

それから、冬になったら、綿の代りに鳥の羽を利用することも、私は考えていた。

龍宮城《りゅうぐうじょう》の花園

島から少し沖へ出ると、海はとても深い。いったい、海の深さと山の高さとをくらべると、海の深さの方がまさっている。もし世界一の高い山を、世界一深い海へしずめたとすれば、山はすっかりしずんでしまうだろう。

世界一の高い山を、ふもとから見あげたけしきは、大きく美しいが、はんたいに、この山を高い空から、軽気球《けいききゅう》に乗って見おろしたら、また、別の美しさ、雄大さを感じるだろう。

この、われわれの住む空気の世界の高い山を、空の上から見おろしたのとおなじように、私たちは魚の住む水の世界の山を、高いところから見おろすことができた。

それは、天気のいい、波のごく静かな日に、伝馬船《てんません》を漕《こ》ぎ出して、島から少しはなれた、沖の海をのぞいてみるのだ。すると、海面は、水の世界の高い空で、島は、空の上につきでた高い山の頂上にたとえられる。この山の頂上から急傾斜の深い深い谷が、まっ暗で見えない海底までつづいている。それで伝馬船は、水の世界の空にうかんだ軽気球ということになる。

日中は、太陽の光がすきとおって、かなりの深さまで見える。島から、深い海の谷底へ下る斜面には、海藻の林がある。この林の間を魚の群がおよいでいる。山の頂上に近いところ、すなわち浅いところには、お花畑がある。ここがいちばん美しくておもしろい。美しい海藻と珊瑚が、いっぱい生いしげっていて、どちらを見ても、青、緑、褐色、黄、むらさき、赤など、目もあざやかな色どりだ。また、その海藻や珊瑚の形は、枝を組み合わせたようなもの、葉ばかりのもの、果実や、キャベツが、いくつもかたまって生えたようなものなどで、陸に生えている、大小あらゆる種類のシャボテンを、うんと大きくしたようなものが、びっしりかさなっていると思えば、だいたい形だけのそうぞうはつく。

だが、その色の美しいこと、種類の多いことは、とても説明ができない。たとえば、夜明けに、幾千のあさがおが、かさなって咲いているようである。陸上の、どんな美しい花園でも、とてもかなわない。大きなイソギンチャクは、美しいきくの大輪が咲いたのとおなじだ。ウミイチゴは、まっ赤な大きないちごそっくりで、まったく、おとぎ話の龍宮城の、乙姫《おとひめ》さまの花園といったらいいだろうか。

そして、この美しい、珊瑚石、きくめ石、なまこ石、シャボテン石、海まつ、海筍《うみたけ》、海綿、ウミシダ、ウミエラなど、極彩《ごくさい》色の絵もようの間を、出たりはいったりして、ゆらりゆらりおよぎまわっている、いっそう美しい色どりの魚群がいる。

これらの魚の色の美しさ、形のめずらしさは、珊瑚や海藻いじょうである。陸上でいちばん美しい動物は、蝶《ちょう》と鳥だといわれているが、この珊瑚礁《しょう》に住む魚の、チョウチョウウオ、スズメダイ、ベラなどの美しさは、私には説明ができない。珊瑚や海藻よりも、いっそう強い色をもっていて、赤、もも色、紅《くれない》、黄、橙《だいだい》、褐色、青、緑、紺、藍《あい》、空色、黒など、まるで、ぬりたてのペンキのように光っている。また、その色のとりまぜがおもしろい。だんだらぞめ、荒い縦縞《たてじま》、横縞をはじめ、まったくそうぞうもつかない色どりをもったのがいる。そして、その形もまためずらしいのが多い。長い尾や、ふしぎな形のひれを動かして、まるで、陸上の蝶や、美しい鳥の群が、咲きほこった花の間を飛んでいるように、およいでいるのだ。

あまりの美しさに、見とれていると、この美しい魚の色が、急にぱっとかわったりする。何かにおどろくと、色をかえるのだ。すると、大きな魚が、すうっとおよいでくる。この大魚の一群が、またあわてて、矢のように早くおよいですがたを消すと、魚形水雷のような、巨大なふかの一群が、大いばりでやってくる。おもしろいかっこうの頭をしたシュモクザメが、通って行く。このふかの一群には、ゆだんはできない。伝馬船のような小船には、おそいかかってくることがある。

こんな海中のありさまは、天気のいい時は、四十メートルぐらいの深さまで、すきとおって見える。海水がすみきって、きれいなので、二十メートルぐらいの深さも、せいぜい五メートルぐらいにしか見えない。

太陽が、ずっと西にまわって、夕日が、島にまっ赤なカーテンをおろすと、海もまっ赤になる。やがて、空も島も海も、夕やみにつつまれて、星かげが海にうつりはじめると、今までたくさんおよいでいた魚は、みな、どこかへ行ってしまう。龍宮城の花園も、トルコ玉の青いうろこをじまんした小魚のすがたも見えなくなって、海藻の林の中に生えている、ウミエラ、ウミシャボテンが光ってくると、海の中に、何千、何万という、蛍《ほたる》のような光が、上下左右に動きだす。空の星がうつっているのか。いや、そうではない、夜光虫の群である。

この光の間を、光る魚が、ぴかぴかした着物をじまんするようにおよぎまわる。これもまた、どんなに美しいながめであるか、口ではいいようもない。しかもこの、うつむいてのぞいて見る、光りかがやく海中の夜光虫は、あおいで見あげる、空気の世界の、星よりも数が多いのだ。

われわれは、魚つり当番のとき、伝馬船を漕ぎ出しては、この水の世界をのぞいた。そして、龍宮城の花園の美しさや、魚類の美しい色、おもしろい習性に、かぎりない喜びをおぼえた。見れば見るほど、考えれば考えるほど、ふしぎに思われるものが多い。このふしぎに思うことを、少しずつ研究していくうちに、いうにいわれぬ、おもしろさがわいてくるのであった。

そして、漁業長の説明によって、実物教育と、研究の指導を受けて、たいへんな勉強になった。漁業長と、その助手の小笠原《おがさわら》老人は、この美しい珊瑚礁の海いったいを、われらの標本室《ひょうほんしつ》といっていた。この二人は、太平洋を、じぶんのものと思っているらしい。少なくとも、本部島や宝島付近は、じぶんのものときめていた。

ここでつった魚は、イソマグロ、カツオ、カマス、シイラ、赤まつ鯛《だい》、白鯛、ヒラカツオ、カメアジなど、多くの種類で、ときどきは、長さ二メートル、太さ人間の足ほどもある海蛇や、尾のなかほどに毒針のある、アカエイも、つり針にかかった。ふかもたくさんいたが、ふかはつらなかった。

浜べには、貝が砂利《じゃり》のようにうちあげられていた。名も知らぬ幾百種類の貝は、大博物館の標本室いじょうである。そして貝類も食用にした。ウニ、タカセ貝、チョウ貝などをよくたべた。

島の波うちぎわには、白い珊瑚がくだけてできた、雪のような砂が、ぎらぎらとてりつける日光に、白銀のようにかがやいていた。

そこには、いろいろの色どりの、大小のカニがいた。珊瑚のかたまりのかげには、緑色のカニで、鯨が潮をふくように、水をふきだすのもいた。静かな夜に、ぐぐぐ、と、鳴くカニもいた。いちばん大きなのは、暗くなって、鳥の目が見えなくなったとき、海鳥のアジサシのひなを、大きな釘《くぎ》ぬきのようなはさみでつまんで、せっせとじぶんのあなに運んでいく、匪賊《ひぞく》のようなカニもいた。

われわれが、この無人島にいた間、さびしかったろう、たいくつしたろう、と思う人もあるだろう。どうして、どうして、そんなことはなかった。

空にうかぶ雲でさえ、手をかえ品をかえて、われらをなぐさめてくれた。雲は、朝夕、日にはえて、美しい色を、つぎつぎに見せてくれた。とりわけ、入道雲はおもしろく、見あきることがなかった。

雲の峯《みね》は、いろいろにすがたをかえた。妙義山となり、金剛山となった。それがたちまち、だるまさんとなり、大仏さんとなった。ある時は、まっ黒いぼたんの花のかたまりのような雲が、みるみる横にひろがって、それが、兵隊さんがかけ足をするように、島の方に進んでくると、沖の方にはもう雨を降らし、うす墨の幕がたれさがっている。その雨の幕が、風といっしょに島におしよせて、いい飲み水を落してくれるのだ。

みんなは、このように、大自然と親しみ、じぶんたちのまわりのものを、なんでも友だちとしていた。

ものごとは、まったく考えかた一つだ。はてしもない海と、高い空にとりかこまれた、けし粒のような小島の生活も、心のもちかたで、愉快にもなり、また心細くもなるのだ。

いつくるか、あてにならぬ助け船を、あてにして待っている十六人。何年に一度通るかも知れない船のすがたを、気長に見つけようとしている十六人である。この中に、もし一人でも、気のよわい人があったら、どうなるだろう。

気のよわい人は、夜ねられない病気になるのだ。夜中に、人のねしずまったとき、空をあおいで、銀河のにぶい光の流れを見つめていると、星が一つ二つ、すっと長い尾を引いて流れとぶ。

「あっ。あの星は、日本の方へ飛んだ——あっちが日本だ……」

と考える。そうすると、足もとに、ざあっ、ざあっ、とよせてくる波の音も、心さびしくなる。しのびよる涼風《すずかぜ》が、草ぶき小屋の風よけ帆布をゆすぶると、なんだかかなしくなってしまう。月を見ても、ふるさとを思いだす。つくづく考えてみると、待ちわびる帆かけ船も、いつまでたってもすがたを見せない。すっかり気を落して考えこんで、しまいには病気になってしまう。はてしもない高い空の大きさと、海の青さを、心からのろったという、漂流した人の話さえ、つたえられている。

ぽかんと手をあけて、ぶらぶら遊んでいるのが、いちばんいけないのだ。それでわれらの毎日の作業は、だれでも順番に、まわりもちにきめた。見はりやぐらの当番をはじめ、炊事、たきぎあつめ、まきわり、魚とり、かめの牧場当番、塩製造、宿舎掃除せいとん、万年灯、雑業、こんな仕事のほかに、臨時の作業も多かった。宝島を発見してからは、宝島がよいの伝馬船漕ぎ、宝島でのいろいろの当番もできた。

これらの作業は、どれもこれも、じぶんたちが生きるために、ぜひやらなければならない仕事であった。だれもかれも、ねっしんにじぶんの仕事にはげんだ。

私が感激したことは、私の部下はみんな、

「一人のすることが、十六人に関係しているのだ。十六人は一人であり、一人は十六人である」

ということを、はっきりこころえていて、いつも、心をみがくことをおこたらなかったことだ。

3 学用品

島生活に、だんだんなれて、時間にゆとりができてきた。そこで、六月の中ごろから、学科時間を、午前、午後、一日おきに入れた。

練習生と会員、それからわかい水夫と漁夫のために、船の運用術、航海術の授業を、私と運転士が受け持った。漁業長は、漁業と水産の授業と、実習を受け持った。このほかに、私が数学と作文の先生であった。

学用品には苦心した。三本のシャベルを石板のかわりにして、石筆には、ウニの針を使った。島のウニは大きい。くりのいがのような針の一本は、大人の小指くらいもあった。はじめは赤いが、天日にさらしておくと、まっ白になって、りっぱに石筆の代用となった。これでシャベルの石板に、みじかい文章を書き、計算をした。

習字は、砂の上に、木をけずった細いぼうの筆で書かせた。

練習生二人には、帰化人三人に、漢字を教えさせ、帰化人には、練習生と会員に、英語の会話と作文を教えさせた。

だから、なにかのつごうで作業のすくないときは、まるで学校のような日もあった。

一週に一度、私が一同に精神訓話をした。


「インキがほしい」

と、私がいった。

水夫長が、万年灯《まんねんとう》にたまった油煙をあつめて、米を煮たかゆとまぜて、インキのようなものをつくった。そして、海鳥の太い羽で、りっぱな羽ペンはできたが、インキは役にたつものではなかった。

漁業長が、カメアジの皮を煮つめて、にかわをつくって、水夫長のインキにまぜて、とうとうりっぱなインキができあがった。このインキは、水に強く、帆布に文字を書いて海水にひたしても、消えない。

そこで、帆布を救命浮環《うきわ》にはりつけ、その帆布に、このインキで、

「パール・エンド・ハーミーズ礁《しょう》、龍睡丸《りゅうすいまる》難破、全員十六名生存、救助を乞《こ》う」

と、日本文で書き、おなじ意味を英文で書いて、伝馬船《てんません》で沖にもっていって、

「われらの黒潮よ、日本にとどけてくれ。——救命浮環よ、通りかかった船にひろわれてくれ」

と念じて、人目につくよう、帆布の小旗を立てて流した。

「インキよ、何年、波風にさらされても消えるな。——文字よ、いつまでも、はっきりしていてくれ。人に読まれるまでは……」

十六人は、この救命浮環とインキに、大きな望みをかけていた。

インキができたので、帆布に日記を書きはじめた。女のおびのような、長い帆布に書くのだ。何年かののちには、大きなまき物になる。それから、帆布で読本をつくって帰化人に読ませた。これもまき物だ。

一日の仕事がすんで、夕方になると、総員の運動がはじまる。すもう、綱引、ぼう押し、水泳、島のまわりを、何回もかけ足でまわる。それから、海のお風呂《ふろ》にはいって、夕食という順序を、規則正しくくりかえした。

月夜には、夜になっても、すもうをとった。りっぱな土俵も、ちゃんとつくった。

夕食後には、唱歌《しょうか》、詩吟《しぎん》も流行した。帰化人が、英語の歌、水夫が錨《いかり》をあげるときに合唱する歌などを教え、帰化人は、詩吟を勉強した。

いよいよねる時間がくると、一日のつかれで、みんなぐっすり眠ってしまって、気のよわいことを、考えるひまがなかった。

こうやって、みんなが、気もちよくねこんでしまっても、見張当番はやぐらの上で、「船は通らないか」と、ゆだんなく、四方を見はっていたのだ。見張当番は、午後十時ごろまでが青年組、それから夜明けまでは、老年組の当番で、日中は、総員が交代でやぐらにのぼった。

茶話会

われら十六人にとって、雨はありがたいものであった。天からたくさんの蒸溜水《じょうりゅうすい》を、すなわち命の水を配給してくれるからである。

雨の降る日は、みんな、いっそうほがらかで、にこにこしていた。それは、雨水のためばかりではない。ほかにわけがあった。

雨の日は、午後、小屋の中で、茶話会をすることもあったからだ。茶話会の日には、めったにこしらえないお米のおもゆを雨水でつくって、それを、かんづめのあき缶《かん》や、タカセ貝に入れて、おやつに出すのだ。これは、島いちばんのごちそうで、みんなは、

「ああ、うまい。おもゆというものは、こんなに、うまいものだったのか――」

「舌がとけてしまうほど、おいしい」

などと、思わずいっては、舌つづみをうつ。そして、雨の日の茶話会は、いつでも楽しく、にぎやかで、余興のかくしげいには、感心したり、おなかの皮をよじって大笑いをしたりして、笑声と拍手の音は、太平洋の空気をふるわせ、波にひびいた。そして、アザラシ半島のアザラシどもをおどろかした。アザラシどもは、人間の友だちのさわぎにあわせて、そろってほえた。

茶話会の話は、青年たちのためになることばかりで、まことにわれらの無人島に、ふさわしいものであった。やっぱり、海の体験談が多かった。

小笠原《おがさわら》老人は、よく話をした。かれは、海の上に、四十四年間もくらしている。そして、十六人の中で、いちばんの年長者で、また、いちばん長い年月を海でくらしたのだ。帆船で鯨を追って、太平洋のすみからすみまで航海した。じぶんで、

「おいらは、太平洋のぬしだ」

と、じょうだんをいうくらいだ。話がすきで、身ぶり手まねをまぜて、話しかたも、日本語もうまかった。

小笠原老人は、第一回の茶話会に、こんな話をした。

みんなが、おいらのことを、老人というが、まだ、たった五十五歳だ。このもじゃもじゃひげとふとったからだが、老人に見えるのだろう。

おいらのおじいさんは、アメリカ捕鯨の本元、大西洋沿岸、北方の小島、ナンテカット島の生まれで、おじいさんも、父親も、おいらも、代々鯨とりだ。おじいさんは、カーリー鯨アンド・アンニー号という百十五トンの捕鯨帆船を持っていて、その船長だった。

おじいさんが、青年時代、一八二〇年（江戸時代の文政三年）に、太平洋の日本沿岸、金華山沖で、捕鯨船が、まっこう鯨の大群を発見したのだ。

それはね、何千頭という大鯨が、べたいちめんに、いぶきをしていたというのだ。このことのあったつぎの年から、そのころ世界一さかんであった、アメリカ中の捕鯨船が、金華山沖にあつまって、めちゃくちゃに鯨をとった。なんでもしまいには、各国の、大小七百何隻《せき》の捕鯨帆船が、金華山沖に集まったというのだから、太平洋の鯨もたまらない。

一八二三年に、そのアメリカ捕鯨船が、小笠原の母島を発見した。小笠原島には、いい港がある。年中寒さしらずで、きれいな飲料水がわき出ている。木がおいしげっていて、いくらでもたきぎがとれる。そのうえ、鯨も島の近くに多い。そして、そのころは無人島だったから、上陸した乗組員は、天幕《テント》をはって休養したが、のちにはりっぱな家をたてて、幾人もの鯨とりが住まうようになった。

おいらの父親も、小笠原に家をもったのだ。そして、おいらは、一八四五年(弘化《こうか》二年)に、この島で生まれて、フロリスト・ウィリアム、と名まえをつけられた。

そのじぶん、捕鯨船では、小笠原島のことを、ボーニン島といっていた。なんでも話にきくと、日本のお役人に、

「あの島の名まえは、何というのですか」

と聞いたら、

「あれは無人島《ぶにんとう》です」

といったのを、ブニンを、ボニンと聞きちがえて、とうとうボーニン島になったのだそうだ。

さて、おいらが四歳の年の一月に、アメリカのサンフランシスコのいなかで、砂金がざくざく出るのを発見した者があった。そして、アメリカやヨーロッパのよくばり連中が、シャベルをかついで、さびしいいなかの港、サンフランシスコに、わんさわ

んさと出かけて行っては、砂金をほった。

砂金がほしいよくばり病は、捕鯨船の乗組員に、すぐ伝染した。アメリカの、太平洋の港に碇泊《ていはく》中の、捕鯨船の水夫、漁夫、運転士までが、

「鯨よりも、砂金の方がいい」

といっては、手荷物をかついで、船をおりたり、また、にげ出して行った。それで、何隻もの捕鯨船が、港に錨《いかり》を入れたまま、動けなくなってしまった。それから急に、アメリカの捕鯨船は、だめになった。

だが、おいらの父親は、生まれつきの鯨とりだった。砂金なんか、見むきもしなかった。気もちのいい小笠原がすきだった。

さて、おいらの願いがかなって、父親の船に乗せてもらって、太平洋へ鯨をとりに出かけたのは十一歳の春（安政二年）だった。うれしかったね。なんでも、早く一人まえになって、一番銛《もり》をうってやろうと、思ったね。

はじめは、帆柱の上にある、ほんとうの見張所の下に、樽《たる》をしばりつけてもらって、その樽の中にはいって、見はり見習いをやった。上の方の大人の見はりに負けずに、すばやく、鯨のふきあげる息を見つけては、歌をうたう調子で、声を長く引いて、鯨が息をするように、

「ブロース――ホー」

と、力いっぱい、どなったものだ。

あの鯨のいぶき、ふつう潮吹というが、あれを「ブロー」というのだ。そして、うでをのばして、見えた方角を指さすのだ。すると、下では、甲板から帆柱を見あげて、

「鯨はなんだ」

と聞くのだ。息のふきかたで、鯨の種類がはっきりわかるのだ。

「まっこう」

とか、

「ながす」

とか、すぐにいわないと、ひどくしかりとばされるし、まちがったりすると、どえらくおこられたものだ。そのおこって、どなるもんくが、

「このお砂糖め」

というのだ。ところが、いわれる方では、それこそ、雷が頭の上に落ちたように、うんとこたえるのだ。

それは、こうなんだ。海の男として、りっぱな一人まえになるまでには、何千べん、いや数えきれないほど、頭から波をかぶっていて、骨の心まで塩けがしみこんでいる

はずだ。それで、一人まえの海の勇士が「塩」だ。おいらのような、とくべつの海の男が「古い塩」だ。それだから、塩のはんたいに、「お砂糖め」としかられては、海で男になろうという者にとっては、まったく、なさけなくなるよ。

鯨のふく息は、一回六秒ぐらいで、十分間に六、七回はふきあげる。水煙がとくべつにこくって、十秒ぐらいも長くふくのは、深くしずむまえだ。鯨が肺の中の空気を、ほとんど出してしまうからだ。

ふく水煙の高さは、十メートルいじょうのこともある。まっすぐにふきあがって、先の方が二つにわれるのは、せみ鯨。太く一本ふきあげるのが、ざとう鯨。一本で細く高くあがるのが、しろながす鯨。それよりみじかいのが、ながす鯨。いちばんひくいいぶき、それでも四メートルぐらいのが、いわし鯨。前の方に四十五度ぐらいの角度でふくのが、まっこう鯨だ。

まっこう鯨は、歯があって、強くて元気なやつで、鯨どうしで、大げんかをすることがある。油をとるのにいちばんいいので、どの鯨船でも追いかける鯨だ。銛をうちこまれると、おこってあばれる。あのかたい大頭で、ちょっとつかれても、尾で、ちょっとはたかれても、ボートは粉みじんだ。どうかすると、本船めがけて、ぶつかってくることがある。本船だって、どしんとやられると、ひびがはいって沈没することがある。

　はじめて「鯨とび」を見たときは、うれしかったね。せなかにひれのあるいわし鯨が、なんべんも、つづけてとんだのを見た人は少ないだろう。十五メートルもある、あの大きなのが、頭を上に、ほとんどまっすぐに、海面からとびあがって、尾を海から高くはなしたな、と見るまに、大きな曲線をえがいて、頭の方から海にどぶうんとはいって、またとびあがるのだ。すばらしいなめし革のような白い腹には、縦に幾筋も、大きな深いしわがある。灰色のせなかには、ちょっぴり三角のひれ。鯨ぜんたいが、日光にきらきらするのだ。

　まっこう鯨も、よくとぶ。あの十五メートルいじょうもある大きなのが、はじめは海面すれすれに、たいへんな速力でおよいでいると見るまに、少しずつとびあがり、しまいには、すぽーんと、空中にとび出すのだ。角ばった頭を上に、四十五度ぐらいの角度にかたむけて、あの世界一大きなからだを、すっかり空中に出したすがたのりっぱさ。なんといったらいいだろう、おいらにはいえないね。何しろ地球上の動物の中で、でっかいことでは王様だ。

　それが、水に落ちるときの水煙とひびき、まるで水雷の爆発だ。それも、三つ四ついっしょにね。ぶああんと、遠くまで、海鳴りがして、ひびき渡っていく。こんなことは、まあ、陸では見られない。海は大きいが、動物も大きいと、つくづく思うね。

また、こんなこともあった。おいらが十五歳のときだ。おとうさんの船に乗って、アラスカのいちばん北のとっさき、バーロー岬から、もっと東の方へ、北極の海を、氷のわれめをつたわって、行ったことがあった。船の上から、氷の上に、のそのそしている白くまを、いくつも見た。

「おとうさん、白くまをとってもいい」

と聞いたら、おとうさんは、

「鉄砲でうったり、銛でついてはいけない。いけどりにするならいい」

といった。まだ少年のおいらに、——くまがりなんかおまえにはできないよ。そんなあぶないことをするな——という、ありがたい親心が、今ではよくわかる。だが、そのじぶんには、親のありがたさなんぞは、気がつかない。

「おとうさんは、ぼくの勇気をためすのだ。鯨よりは、ずっとちっぽけな白くまだ。生けどりにできないことはない。——よし、やるぞ」

こんな親不孝なことを考えた。そして、アメリカの牧童が、あれ馬にまたがって、ふちの広い帽子をかぶって、投縄をぶんぶんふりまわして、野馬や野牛にひっかけて生けどりにするように、白くまを生けどってやろう。おとうさんはじめ船の連中を、びっくりさせて、それから、まっ白い毛皮をおじいさんに、おみやげにして喜ばせてあげよう。ぼくは、いっぺんに英雄になるのだ。こう決心して、さっそく、くまとりの練習をはじめた。

白くまは、人が近づくと、後足で立ちあがって、前足をひろげて、とびかかって人間をだきこむというから、こっちの方が先に、投縄をくまの首にひっかけるのだ。そうして、すぐに前足にも、その縄をひっかけて、力いっぱい、前の方へ引き倒してやろう。そうすれば、くまが前足にからんだ縄で、じぶんの首をしめるから、生けどりにできると考えた。

それで、まず長い縄の先に、金の小さい輪をはめ、これに縄を通して、大きなずっこけをつくり、それから、白くまのかわりに、木で十文字をつくって、甲板の手すりに立ててしばりつけ、十文字の横木を、くまの前足に見たてて、十歩ぐらいはなれたところから、投縄の練習をはじめた。

首にひっかけたら、すぐに、縄にはずみをつけて、輪を送って、右でも左でも、前足にその輪をひっかけて、ぐっと引けばいいのだ。三日も四日も、めしをたべる時間もおしんで、練習した。子どもだって、いっしんは通るよ、上手になったね。おしいことには、いよいよ白くまと対面というときに船は出帆してしまった。おとうさんは、

——これはあぶない——と思われたにちがいない。

この投縄は、いい運動にもなるし、何かの役にもたつよ。みんな、やってごらん、おいらが教えるよ。

それから、なぜ、フロスト・ウィリアムのおいらが、小笠原島吉《おがさわらしまきち》となったかを、ひとつ話しておこうね。

おいらが三十一歳のとき、明治八年に、ボーニン島が、日本の領土となって、日本小笠原諸島とはっきりきまったのだ。おいらの生まれた島だ。なつかしい島だ。島が日本の領土となったのだから、おいらも日本人だ。そうだろう。それで帰化して日本人となった。フロスト・ウィリアムが、日本名まえにかわって、島の名をそのままもらって、小笠原島吉。どうだ、いい名だろう。

漁夫の範多《はんた》のことも、ちょっといっておこう。範多のおやじは、捕鯨銃の射手から、ラッコ猟船《りようせん》の射手となった。鉄砲の名人だったよ。射手のことを、英語でハンターというのだ。ハンターのせがれの、エドワーズ・フレデリックが帰化して、おやじの職業のハンターをそのままつけて、範多銃太郎《じゅうたろう》となったのだ。

ここにいる、おいらのいとこの、ハリス・ダビッドが、父島一郎、これも、小笠原諸島の父島に住んでいたので、島の名をそのままつけたのだ。

このつぎには、もっとおもしろい話をしよう。きょうはこれでおしまい。天幕の中は、われるような拍手である。

鳥の郵便屋さん

七月のはじめに、宝島で、名刺くらいの大きさの銅の札で、ひもを通したらしいあなのあるものを発見した。その札のおもてに、かすかに英文らしい文字があらわれているといって、運転士が、本部島の私のところへ持ってきた。

双眼鏡のレンズを虫めがねにして、よく見ると、釘《くぎ》でかいた英文であるが、なにぶんにも長い月日をへたものらしく、ほとんど消えかかっていた。帰化人や練習生など、英語のわかるものが、よってたかって、やっと読むことのできたのは、

「……、……島、難破、五人生存、救助――一八……年……」

という意味の文字だけで、船の名と、島の名、年月は消えていた。

それで、この銅の札は、どこかの島で難破した外国船の、生き残った五人が、船底にはってあった銅板に、釘でみじかい救助をもとめる文章をかいて、海鳥の首につけて、飛ばしたものにちがいない。

「どうなったろう、五人の人たちは……」

みんなの思っていることを、練習生の秋田がいった。

すると小笠原老人は、

「心配することはない、昔のことだ。こんなことは、助かったものと、きめておけばいいのだ」

と、いいきった。

「銅の札は、いい思いつきだ、われわれもさっそく、まねをしよう」

私は、われらの倉庫から、このまえ流し文《ぶみ》に使った銅板の残りが、たいせつにしまってあったのを出させて、十枚の銅の札をつくらせ、ひもを通すあなをあけさせた。

それから、釘で、

「パール・エンド・ハーミーズ礁《しよう》、龍睡丸《りゆうすいまる》難破、全員十六名生存、救助を乞《こ》う。明治三十二年七月」

と、日本文で書き、そのうらに、英文でおなじ意味のことを書かせた。日本文は、会員と練習生に、英文は帰化人に書かせた。書く者は、「これできっと助かるのだ」と思いこんで、いっしんこめて書いた。

「国後《くなしり》。この札をつけて飛ばせるのに、役にたちそうな鳥をつかまえてくれ。なるべく元気なやつを、たのむよ」

鳥と国後とは友だちだと、みんなが思っているのもおもしろい。

国後がつかまえてきた海鳥の首に、銅板の一枚をじょうずに細い針金でしばりつけて、さて飛ばそうとしたが、札が大きすぎて、重くて鳥は飛べない。そこで、だんだんに札を小さくして、鳥が首につけて飛べるだけの大きさがわかったので、アジサシと、アホウドリと、あわせて十羽の海鳥の首に、その札をつけて、浜に出て、みんなで飛ばせた。

首に札をつけられて、びっくりした鳥は、一羽一羽かってな方角へ、高く飛んで行った。雨雲がひくく水平線にたれさがって、いまにも降り出しそうな空に、鳥のゆくえを見まもって、浜べに立った人たちは、

「鳥の郵便屋さん、たのむぞ」

「潮の流れの郵便屋さんよりは、鳥の方が速くて、ましかも知れない。どこかの島へおりるからね。無人島じゃ、せっかく配達してくれても、受け取る人がないや……」

「アジサシにアホウドリ、どっちがたしかかなあ――」

思い思いのことをいった。

浅野練習生が、とつぜん大きな声で、

「あの鳥がいると、昔話のとおりだがなあ……」

その声に、水夫長は、びっくりしたような顔をして、ふりむいて、

「なんだい。昔話のあの鳥というのは、わけがありそうだな。教えてくれよ」

知らないことは、なんでも、だれにでも聞こうとするのは水夫長のいい心がけだ。私がいつであったか、「聞くはいっときの恥。知らぬは末代の恥」という話をしたことがある。それからずっと、私の話のとおりに実行しているのだ。

「話はばかに古くって、長いのだよ」

「じゃあ、みんな、ゆっくり砂にあぐらをかいて、聞かせてもらおう」

この連中は、このように、おりにふれ、事にあたって、研究したり、わけを知ろうとする心がけの人ばかりであった。

浜に円陣をつくって、あぐらをかいた人たちに、浅野練習生は話しはじめた。

「ずっとまえに、修身の本で読んだ話です。今から二千年も前、漢の国に、蘇武《そぶ》という人があって、皇帝の使者として、北の方の匈奴《きょうど》という国へ行った。ところが匈奴では蘇武をつかまえてこうさんしてけらいになれといったが、蘇武はきかなかった。そこで、大きなあなの中へぶちこんで、食物をやらずにおいたが、蘇武は何日たってもへいきでいた。これを見て匈奴では、蘇武はただの人ではないと思って、殺さずに、

ずっと北の方の、無人のあれ野原に追いやって、雄のひつじを飼わせて、この雄のひつじからお乳が出るようになったら、おまえの国へ帰らせてやる、といいわたした。それでも蘇武はへいきだった。はじめあなに入れられたときは、雪が降ったので、じぶんの着ていた毛織物の毛をむしりとって、雪といっしょにたべて、生きていた。あれ野に追い出されてからは、野ネズミをとってたべたり、草の実をたべたりして、十年も十五年もがんばっていた。

十九年めに、漢の国から匈奴の国へ使者がきて、蘇武をかえせと申しこんだ。すると匈奴では、蘇武はとっくの昔に死んでしまった、といったが、漢ではスパイの通知で、蘇武の生きていることを知っていたから、たぶんこんなことをいうだろう、そうしたらこういってやろうと、考えていた計画のとおりに、

『そんなことはない。蘇武は生きている。つい先日、私の方の皇帝が、狩に出て、空飛ぶ雁《かり》を矢を放《はな》って射落したら、雁の足に、白い布に墨で書いたものがしばりつけてあった。ほどいてひろげてみたら、蘇武からの手紙で、私は北のあれ野原に生きている、助けてください、と書いてあった。うそをいわないで、蘇武をかえしてください』

と使者はいった。この計略にうまく引っかかった匈奴は、一言《いちごん》もなく、十九年めに

蘇武をかえした。

このことがあってから、手紙のことを、『雁の使』というようになったのです」

聞く人も話す人も、たったいま、銅の札に、「助けてくれ」と釘で書いて、海鳥の首につけて、飛ばせたばかりだ。みんなは、蘇武の話に深く感動した。水夫長は、すっかり感心して、

「生徒さん、ありがとう。よくわかった。蘇武という人は十九年もがんばったのだなあ。——わしらは、これからだ」

龍睡丸乗組員は、海の人として、不屈の精神をもった、りっぱな者がそろっていた。めったなことには、気を落さない。命のあるかぎり、いつかすくわれる、という希望をかたく持っていた。海流に配達してもらう郵便にも、鳥に運んでもらう手紙にも、望みをすてはしない。

小笠原老人は、みんなにいった。

「いまの話を聞いて、この島はいい島だと、つくづく思うね。あたたかくて、たべ物がたんとあって、人数も多くて、にぎやかだ。そのうえ、いろいろのいい話が聞かれて、勉強になる。ほんとにわれわれはしあわせだよ。いつまでもがんばることだ」

いつも、料理を指導している運転士は、

「野ネズミや草の実で、十九年もがんばった人もある。さあ、魚とかめの昼飯だ。がんばろう」

　といいながら昼飯に立ちあがった。

　さて、昼飯のこんだては、カツオのさしみに、島に生えたワサビ、タカセ貝のつぼ焼、かめの焼肉である。野ネズミと草の実にくらべると、天と地のちがいがある。

「ありがたいなあ——このごちそうだ」

「何十年でもがんばるぞ」

　だれかれが、思わずもらしたことばだ。これはまったく十六人の気もちをいったものであった。

　一同は、天幕《テント》の中で、船長を上座に、その両がわに、ずらりと二列に向きあって、ござの上にぎょうぎよくすわって、料理当番のくばる食事を、いつもよりは、いっそうおいしく思った。そしてよくかんで、食糧のじゅうぶんなことを感謝しながらたべていると、雨もようだった空は、ぽつり、ぽつり、そしてたちまち、ひどい降りになってきた。

「それっ。水だ」

　みんなは、すぐに箸《はし》をおいて、大いそぎで、雨水をためるように、風よけ幕を、外の方へはり出した。こうして、小屋の屋根に降る雨水が、石油缶《かん》にどんどんたまるのを、楽しく見ながら、また食事が、にぎやかにつづくのであった。

この日の午後は、雨の日の例によって、茶話会である。漁業長の捕鯨の話、帰化人範多《はんた》銃太郎《じゅうたろう》のラッコ猟の話、それにつづいて、小笠原老人が、午前中に流した銅板のはがきにつながりのある、船と郵便の話をした。

おいらたちのわかいじぶん、捕鯨帆船は、一年ぐらいはどこへも船をよせずに、大海原を、あっちこっちと、鯨を追っかけて航海していたものだ。故郷や友だちへ手紙を出すことなんか、だれも考えていなかった。それでも太平洋には、郵便局が一つあった。

それは、南アメリカのエクアドルの海岸から、西の方へ六百カイリのところ、太平洋の赤道直下に、火山の島々、ガラパコ諸島がある。それは、十何個の島を主とした、六十ばかりの火山島の集まりで、スペイン人が発見した諸島だ。

ガラパコというのは、陸に住む大がめのことで、このかめは、陸かめのなかでいちばん大きなかめで、こうらの直径一メートル半もあって、人間を乗せてもへいきでのこのこ歩くのだ。ガラパコ諸島には、そのガラパコがたくさん住んでいるから、ガラパコ島というのだ。このかめには、べつに象がめの名がついている。からだが大きいからそういうのでもあるが、また、その足が、象の足によくにているからでもある。なんでもかめは七種類あって、島がちがうと、住んでいるかめの種類も、ちがうそうだ。

つい近ごろまでこの島々には、まるっきり人が住まっていなかった。それで昔は、船をつけるのにいちばんつごうのいい島は、海賊の巣であったが、のちには捕鯨船が、この島の港に船をよせては、飲料水をくみこんだり、たきぎを切ったり、糧食の補給に、木の実や、野生の鳥、けだもの、それからガラパコをつかまえていた。

いったい、この島にはめずらしい動物が多く、イグアナという大トカゲの、一メートルぐらいのものがたくさんいるし、飛べない鳥もいた。また小鳥たちは、人間を友だちと思っているらしく、へいきで人の肩にとまったり、靴の先をつっついてみたりした。

この無人島の港に、百年ぐらいまえから、有名なガラパコ郵便局ができた。そして捕鯨船なかまには、たいへんに役にたった。この郵便局は、一八一二年英国と米国とが戦争したときに、英国の軍艦エセックス号のポーターという艦長が、こしらえたのだ。

郵便局といっても、船から上陸した人が、すぐ目につく場所にある、熔岩《ようがん》のわれめの上に、とくべつに大きなかめの甲羅をふせて屋根として、その下へ、あき箱でつくった郵便箱をおいたものだ。ただそれだけだ。

この郵便局ができてからは、捕鯨船の船員は、島に船をよせると、すぐに上陸して、かめの甲羅の下の郵便箱をさがして、じぶんや、じぶんの船にあてた手紙を見つけだす。そうして、じぶんが書いた、ほかの船の友達にあてた手紙を、この郵便箱に入れておくという、おもしろい習慣ができて、それが、ずっとつづいたのだ。

もう一つ、太平洋の郵便配達では、ふうがわりなのがある。それは、赤道から、もっと南の方、南緯二十度のところに、トンガ諸島というのがある。それは、百個ばかりの小さな島の集まりだが、この中の一つ、ニューアフォー島のことを、水夫なかまでは、「ブリキ缶島」といって、ほんとうの島の名をいわないのだ。

この小島は、どっちを向いても、いちばん近い島が、三百カイリもはなれているけれども、フィジー島とサモア島の間をかよう、汽船の航路のとちゅうにあたっているので、この島あての郵便物は、汽船が通りがかりに持ってきてくれるのだ。

しかし、この島のまわりは、波があれくるって、郵便物を汽船から島へおろすことも、島からボートを漕《こ》ぎ出して、汽船に行って受け取ることもできないときが多いのだ。そこで、波の荒い季節中、この島あての郵便物を、ブリキ缶にかんづめにして、島の風上《かざかみ》から、海に投げこんでおいて、汽船はそのまま通りすぎて行く。島からは、これを見ていて、およぎの達者な住民がおよいでいって、このかんづめ郵便物を、波の間からひろってくるのだ。それでこの島が、ブリキ缶島とよばれるようになったのだ。

草ブドウ

島にあがってから、われわれは、急にやばん人のような生活をはじめて、飲み水は、塩からい石灰分の多い井戸水。たべ物は、かめと魚ばかり。そのために十六人とも、すぐに赤痢のようになって苦しんだことは、まえに話したが、これにこりてみんなは、病気になったり、けがをしないように、いっそうおたがいによく気をつけるようになった。

魚やかめは、いくらでもいて、いくらたべても、たべほうだいである。しかし、たべすぎて、からだをわるくしないように、水もやたらに飲むくせをつけないように、また、運動をよくして、からだを強くすることなど、こまかいところまでも注意した。

われらの領土の宝島には、つる草が生えていた。宝島の当番が、このつる草に、ブドウににた小さな実がたくさんなっているのを発見して、その実を、本部島に送ってよこした。

見たところ、むらさき色で、光るようなつやがあって、なんとなくどくどくしい感じもあるが、うまそうである。みんなひたいをあつめて、しらべてみたが、だれも何という草の実か、知っている者がない。

「アメリカには、こんな実があるだろう」

運転士が、小笠原《おがさわら》老人にきくと、

「ここにいる三人は、小笠原島生まれで、アメリカを知りませんよ」

「なるほど、そうだった——」

と、大笑い。

ともかくも、うっかりはたべられない。せっかくいままで、艱難辛苦《かんなんしんく》をきりぬけてきたものを、また、これからさきも、命のあるかぎり、働こうというのに、名も知らぬ島の野生の草の実で、命をなくしたり、病気になっては、たまらない。私は、

「毒でないことが、はっきりするまで、たべてはいけない」

と、いっておいた。

ところがある日、宝島当番の者が、鳥のふんのなかに、この草の実の種を発見した。これは、まったく大発見であった。つぎの便船で、宝島から、流木やかめといっしょに、種入りの鳥のふんと、草の実とをたくさんに本部島へ持ってきた。

「どうでしょう、鳥がたべるのですから、人間もたべられると思いますが」

鳥のふんのなかの種をしょうこに、たべてもだいじょうぶという者があると、

「動物といっても、鳥と人間とは、たいへんなちがいだから」

といって、不安に思う者もあった。

いちばんねっしんに、たべてもだいじょうぶというのは、動物ずきの漁夫の国後《くなしり》である。かれはこういった。

「宝島の草ブドウは、たべてもだいじょうぶと思います。まず私が、みんなのために、たべてみたいのです。五粒か六粒、ためしにたべるのですから、まんいち、毒にあたっても、たいしたことはありません。それに鳥やけだものは、しぜんに身をまもることを、よく知っています。毒なものはたべません。鳥の試験でじゅうぶんです。この草ブドウは、十六人にとっては、なくてはならない食物と思いますから……」

けなげなかれの気もちは、よくわかる。しかし、もっとたしかめたうえでないと、私は、たべてもいいとはゆるせない。

「とにかく、もうすこし待て」

と、いっておいた。

翌日、国後と範多《はんた》の二人が、

「鳥は、毒をよく知っています。人間がたべてもだいじょうぶです、ねんのため、つりたての魚の腹に、この実を入れてアザラシにたべさせてみましょうか」

と、いってきた。

この二人が、じぶんたちのきょうだいのように思っているアザラシで、動物試験をしようというのは、たべてもだいじょうぶと、たしかに信じているからだ。

一方ではべつに、運転士と漁業長とが、実をつぶして、カニの口にぬってみたり、かめの口に入れてみたりして、ともかくも、鳥いがいの動物試験をしていた。

種入りの鳥のふんが本部島についてから、三日めの朝、範多が、運転士の前にたって、頭をかきながら白状した。

「私はゆうべ、ねるまえに、草ブドウを十粒ほど、ないしょでたべましたが、とてもおいしくて、そのうえよく眠れました。けさは、このとおり元気ですし、腹ぐあいもたいへんいいのです。もう草ブドウはたべてもだいじょうぶです」

かれはとうとう、みんなのためにたべたのだ。人間の試験は、こうしてすんだ。それから、みんながこの実をたべはじめた。

うまい。何しろ野菜といったら、島ワサビだけであった。そこへ、草ブドウが発見されたのだ。こんなおいしい草の実は、生まれてはじめてたべるとみんながいった。草ブドウをたべだしてから十六人は、急にふとってきた。ひどい下痢をしてから、ひきつづいてよわっていた、漁夫の小川と杉田も急に元気になって、力仕事もいくらかはできるようになった。

こうして、草ブドウは、宝島から本部島へ送り出す、重要輸出品となった。つみたての、むらさき色の小さなブドウににた草の実は、飲料水タンクである石油缶《かん》の、からになったのにつめられてかめと流木と塩といっしょに、本部島へ、便船ごとに運ばれてきた。

この小さなつる草の実、われわれが、草ブドウと名をつけた実は、島ワサビのほかに、植物性食物のない十六人にとって、じつにたいせつな食糧となった。そこで、本部島にこの種をまき、また宝島からつる草をそのまま、根をていねいにほり出して、本部島にうつし植えて、栽培につとめた。それからまた、ほしブドウのように、実をかわかして、冬の食糧にたくわえる工夫もして、いつまでも無人島に住める用意をした。

われらの友アザラシ

アザラシと、いちばんはじめに友だちになったのは、国後《くなしり》と範多《はんた》であった。そして、やがてどのアザラシも、人間となかよしになった。いっしょにおよいだり、投げてやる木ぎれを口で受けとめたり、頭をなでてやると、ひれのようになった前足で、かるく人をたたいたり、また、われわれがアザラシ半島に近づくと、ほえてむかえにきたりした。

二十五頭のアザラシは、いつでも、アザラシ半島に、ごろごろしてはいないのだ。われらがアザラシをたずねても、一頭もいないことがある。そのときかれらは、自然の大食堂、海へ、魚をたべに行っているのだ。およぎの達者なこの海獣は、五、六頭ずついっしょに、島近くの海をおよいだり、もぐったりして、魚をたくみに口でとらえて、腹いっぱいたべると、島へあがって、ごろごろして眠っているのだ。

そして、眠るときは、きっと一頭だけが、見はり番に起きていて、われらが近づくと、すぐになかまを起してしまう。また、五月のはじめに生まれたらしい、かわいらしい子どもアザラシが、五頭もいた。母親がこれに、およぎかたや魚のとりかたを、教えていることもあった。

アザラシが島にいないときは、大きな声で、

「ほうい、ほい、ほい、アザラシやあい」

と、海にむかってさけぶと、この声をききつけて、沖の方から、海面を走る魚形水雷のように、白波を起して、われこそ一着と競泳しながら、何頭も島に帰ってくる。そして、私たちが立っているなぎさにはいあがると、頭を、ぶるぶるっと、はげしく左右にふって、毛についた水のしずくをはらいおとし、それから、右と左の前足をかわるがわるふみかえて前へ出し、両方の前足が前へ出たとき、後足をあげて前へ引きよせる、おもしろい歩きかたをして近より、ふうふういって、頭をこすりつけるのである。

「おお、おお、よくきた、よくきた、どうだ魚をうんと食ったか」

こういって、右手で頭をさすってやると、ほかのアザラシは、私が左手に持っている木ぎれをくわえて引っぱる。

うしろにまわった二、三頭は、頭でぐんぐんおして、

「さあ、人間のおじさん、いっしょにおよいで遊ぼうよう」

というような、そぶりをするのだ。

そこで、立ちあがって、

「そうれ」

といって、手に持った木ぎれを、力いっぱい、できるだけ遠く海へ投げると、アザラシどもは、たちまち海へとびこんで、しぶきをあげて、木ぎれに突進する。木ぎれをくわえ取ったアザラシは、とくいそうに、頭を高く水から出して、岸にむかっておよぎ帰る。ほかのアザラシは、はずかしそうに海面すれすれに、顔半ぶんを出して、そのあとにつづくのである。こんなに、われらと野生のアザラシとはなかよしになっていた。

ところが、二十五頭のアザラシ群のなかに、ただ一頭、いつも、ひときわいばって頭をもたげ、りっぱなひげをぴんとさせ、胸をそらしている、雄アザラシがあった。

このアザラシは、けっして人間をあいてにしなかった。

お友だちにならなかった。

国後や範多のような、アザラシならしの名人さえ近づけなかった。

投げてやった魚は、横をむいて、たべようともしない。

そして、

「なんだ、人間くさい魚。へん。おいらの食堂は太平洋だよ」

と、いわぬばかりに、海にはいるとすぐに、大きな魚をつかまえて、口にくわえ、水から頭を高く出して、人間に魚を見せびらかすように、たべるのであった。

そして、ほかのアザラシとよくけんかをして、きっと勝つのだ。

この強いアザラシの頭には、かみつかれた大傷のはげがあって、いっそうかれをあらあらしく強そうに見せていた。

このアザラシが、どうしたことか、いつのまにか元気な大男の川口に、すっかりなついてしまった。

川口のやる魚なら、手のひらの上でたべた。川口がなでてやると、喜んで大きなひれのような前足で、川口をばたばたたたいた。川口が、どんなに喜んだかは、はたで見る者が、ほほえまれるほどであった。

かれは、国後にさえなつかなかった、この勇ましい、そして強情なアザラシに、「むこう傷の鼻じろ」という名まえをつけた。それは、頭に大傷のあるこのアザラシは、鼻の上に一ヵ所、一かたまりの白い毛が生えている、めずらしいアザラシであったからだ。

「鼻じろ」は、川口のじまんのもので、まるで、弟のようにかわいがっていた。かれは、ときどき料理当番にたのんで、じぶんのたべる魚の半ぶんを、料理せずに、生のまま残しておいてもらって、「鼻じろ」にたべさせていた。

ある日、夕食後のすもうで、川口が五人ぬきに勝って、みんなから拍手されたとき、

「いや、『鼻じろ』にはかなわない。あいつは、二十四頭ぬきだ。アザラシの横綱だよ」

と、また「鼻じろ」のじまんをした。そしてみんなも、「鼻じろ」は、たしかにアザラシのなかで、いちばん強い王様であることをみとめた。川口はとくいであった。かれは「鼻じろ」のように胸をそらして、

「強い大将には、強いけらいがあるよ」

と、いった。すると、水夫長が、

「大将さんははだかで、けらいがりっぱな毛皮の着物を着ているなんて、よっぽど、びんぼうな大将だ」

といった。それでみんな、手をうって、大笑いに笑いこけた。

これも、ほがらかな無人島生活の一場面だ。だが、「鼻じろ」がいちばん強いということが、あとで川口に、かなしい思いをさせることになった。

アザラシの胆《きも》

さて、遭難して島にあがった当時、十六人は、ひどい下痢をしたが、それもじきによくなって、みんなもとどおりのじょうぶなからだになった。しかし、小川と杉田とは、ひきつづいてよわっていた。

宝島の草ブドウの実をたべはじめてから、一時は元気になったように見えたが、その後少しもふとらないで、だんだんやせてくる。当人は、おなかぐあいがいいといって、力仕事に手を出してはいるが、どうも、たいぎらしい。とくべつにたくさん草ブドウをたべさせ、万年灯《まんねんとう》でおなかをあたため、おなかに毛布をまきつけたり、いろいろと手あてをつくすが、少しもききめが見えない。

八月も中ごろになって、島の生活も四ヵ月になった。一同は、すっかり島生活になれて、はちきれそうないきごみで、日々の仕事にせいを出してるが、二人の漁夫の元気のないのが、みんなの気がかりであった。

何かいい薬はないだろうかと、いろいろそうだんしたが、これはたぶん、胆汁《たんじゅう》のふそくからきた病気にちがいない、にがい薬をのませたらいいだろう。それにはアザラシの胆、胆嚢《たんのう》をとって、のませるのがいちばんいい。くまの胆嚢を「熊《くま》の胆《い》」といって、妙薬とされているから「アザラシの胆」も、ききめがあるにちがいない、と話がきまって、さっそくアザラシの胆をとることになった。ところが二人の病人は、

「もう少し待ってください。草ブドウをたべはじめてから、じぶんでは、たいへんによくなったと思います。せっかく、あんなにわれわれになついているアザラシを、私たち二人のために殺すのは、かわいそうでなりません。しばらく待ってください。いまに、きっとよくなりますから」

というのだ。

じつのところ、だれ一人、アザラシを殺したくはないのだ。しかし、人間の命にはかえられない。

「アザラシだって、人助けの薬になれば、きっとまんぞくするよ。みんなのするとおりにまかせておけ」

とさとしても、病人は承知しない。

「私たち二人は、そんなに大病人なのでしょうか。見はりやぐらの当番と、宝島当番はできませんが、かめの当番も、小屋掃除も、魚つりもできます」

こういって、いかにも元気そうに、立ち働いてみせるのだ。その心持は、まったく

いじらしい。どうかして、なおしてやりたい。だが、病人にさからって、アザラシを殺したなら、

「あれほどたのんだのに、とうとう、アザラシから胆をとってしまった。してみると、じぶんは、ひどい病気なのだ」

こんなふうに、考えちがいをされてもこまる。もう少し、ようすを見てからにしよう、ということにしておいた。

友だちとして、かわいがっているアザラシを殺す、ということは、病人でないほかの者にも、大きな問題であった。口にこそ出さないが、みんなは、

「かわいそうなアザラシ。とうとう、くる時がきてしまったのだ。アザラシよ、われらを、なさけ知らずとうらむな。とうとい人間の命を助けるのだ。魚だって、かめだって、あのとおりお役にたっているではないか……」

「しかし、アザラシ殺しの役目には、あたりたくないものだ」

と思っていた。けれども、手配は、さすがにりっぱだ。

「いちばんききめのありそうな胆を持っているアザラシを、けんとうをつけておいて、いざとなってまごつかないようにしよう」

「薬のききめの多いのは、強いアザラシがいいのにちがいない。強くて胆の大きそう

なアザラシをきめておこう」

　と、いうことになった。そのけっか、しぜんに「むこう傷の鼻じろ」の胆をとることに、きまってしまった。そして、いよいよやる時には、みんなでくじを引いて、あたった三人が、胆とり役を、かならず引き受けることにしてしまった。

「鼻じろ」の胆を薬にしようときまったのは、八月の末であった。この時、小笠原《おがさわら》老人は、

「はっはっは、『むこう傷の鼻じろ』か。何しろアザラシの王様だ。すばらしい胆だろう。どんな病気だって、いっぺんにすっとぶよ。――だがね、あとがこわい。元気がつきすぎて、『鼻じろ』とおんなじに、しょっちゅうけんかか。そうして、おいらがなぐられてよ、『むこう傷のあかひげ』か――あっははは」

　と、じょうだんをいった。するとすぐそばで、流木に腰をおろして、つり針の先を、ごしごしこすっていた川口は、立ちあがって、みんなの方にやってきた。

「いっとう強くて、胆の大きいのは、『鼻じろ』にきまっている。それが人助けのお役にたつのだ。やっぱりえらいや。お薬師様（病人をすくうといわれる仏さま）になるんだ……」

　元気なく、しんみりといった。かれは、いつものように、胸をそらしていなかった。

前かがみに、砂を見つめていた。

「鼻じろ」の胆をとることにきまってから、川口は、毎日のように、魚を持って、「鼻じろ」のところへ行った。

「おい。鼻じろ。おまえは二人の病気をなおすのだ。えらいんだぞ。この魚をたべてお役にたつまでにもっと強くなれ」

あらあらしい雄アザラシは、「ウオー」とほえて、魚をたべてしまうと、こんどは、川口の手に鼻をこすりつけて、うう、うう、うなりながら、あまえる。ひれのような前足で、川口をばたばたあおぐ。それから、鼻で川口をぐんぐんおして、なぎさにおし出して、しぶきを飛ばしていっしょに遊ぶ。いっしょにおよぐ。こうして魚を持っていくたびに、川口は、だんだんへんな気がしてきた。

「この『鼻じろ』が、殺されてしまったら、――いなくなったら……」

と、考えるようになった。

「さびしくなるなあ――」

と思うと、かなしい気もちが、心いっぱいにひろがるのだ。しかしすぐに、剛気なかれの本性は、それをふきけしてしまう。ちょうど、波がなぎさに、まっ白くくだけて、ぱっとひろがって消えてしまうように。

アホウドリのちえと力

こうして、数日がたつうちに、八月もすぎてしまった。十月になると、海がだんだんあれてくるであろう。それだから、九月いっぱいに、宝島から、運べるだけのものを本部島へ運んで、冬をこす支度をしておかなくてはならなかった。

それで私は、九月一日の朝早く、伝馬船《てんません》で本部島を出発して、あかつきの海を宝島へ向かった。一行は五人。私と水夫長と、宝島当番に交代する、三人の漕《こ》ぎ手であった。

正午ごろ宝島へ着いて、その晩も、二日の晩も、宝島にとまって、塩の製造、かめの捕獲、流木の貯蔵、本部島へ植えかえる草ブドウの根のせわなどのさしずをしながら、島中を念入りにしらべた。二日の午後、ふとしたことから、アホウドリは感心な鳥であると、つくづく感じたことがあった。

宝島には、十数羽のアホウドリが、いつでもいた。この鳥は日中、数羽ずつ群れて、海上を飛んでえさをさがしている。なにか見つけると、その一つのえさをうばいあって、大きなくちばしで、たがいにけんかをするのだ。これは、どこでも見られることだ。

さて、えさをたべて、おなかがいっぱいになると、その一群は、海面にうかんでつばさを休め、のんきそうに波にゆられている。

このアホウドリの一群が、波の上でつばさを休めている時には、きっと、そのなかの一羽が、なかまの上空を、ぐるぐる飛びまわって、見はりをしている。そして、ある時間がたつと、ふわりとなかまのうかぶ海面におりて、つばさを休める。すると、すぐに、ほかの一羽が飛びあがって、また、見はり番をして、ぐるぐる飛びまわっている。これは、その一群が海にうかんでいる間、一時間でも、二時間でも、きっとやっているのだ。

この見はり番は、アザラシもやっていて、べつにめずらしいとは思わないが、見はり番のアホウドリが海におりて、やっと波にうかんで、まだひろげたつばさをおさめないうちに、すばやく、ほかの一羽が舞いあがる。そのようすは、こんどはだれの番だと、きめてあるように見えるのだ。

水夫長は、すっかり感心して、その強い研究心から、

「船長。どの鳥が、命令するのでしょう」

と、きくのだ。これには、私もこまった。

「さあ、だれが命令するのかなあ……」

こう答えるより、しかたがなかった。

「鳥の法律かしら」

この水夫長のひとりごとには、みんな大笑いをした。しかし、よく考えてみると、どうして、笑うどころか、まだ人間にはわからない、むずかしい問題なのだ。

さて、この日の朝、昼飯のため、魚をつったところ、意外の大漁であった、夕食のためにに、残った魚を生ぼしにしておこうと、四、五十ぴきの魚を、流木の丸太の上に、ほしておいた。

私たちが、本部島に植える草ブドウの根をほって、ていねいに、草であんだむしろでつつんでいる間に、ただ一羽舞っていた、見はり番のアホウドリが、なまぼしの魚を見つけて、何かあいずをすると、海にうかんでいた一群のアホウドリは、いっせいに舞いあがってきて、なまぼしの魚を、おおかたさらって行った。

「この、アホウめ。おきゅうをすえてやれ」

と、腹を立てた漁夫が、なまぼしの残ったのにつり針をつけて、なぎさに投げておいて、一羽のアホウドリをつって、いけどりにした。そして、細い縄で、大きなくちばしを、しっかりとしばってしまった。

「人間さまの魚をとるから、こんなめにあうのだぞ。——舌切すずめの話を知っているか。おいらたちには鋏《はさみ》がないから、こうするんだ。おまえたちは、海から魚をとればいいのだ」

こういいきかせて、くちばしをしばったまま、はなしてやった。

おどろいたそのアホウドリは、島近くの海におりて、ばたばたさわいでいた。

ところが、こんどは、われわれがおどろいた。というのは、これを見たなかまのアホウドリどもは、くちばしをしばられたアホウドリのまわりに、いっせいに舞いおりてきて、かわるがわる、くちばしをしばってある縄をつっついたり、かんだり、引っぱったり、ながい間、こんきよくほねをおっていたが、とうとう縄を取ってしまった。

はじめから、海岸で、このようすを見ていたわれわれは、なんだかアホウドリに教えられたような気がした。

水夫長は、水夫と漁夫にいった。

「えさをとりあって、けんかばかりしている鳥が、ああやって、ちえと力を出しあって、なかまをすくうのだ。おどろいたなあ。おいらたちも、鳥にまけずに、しっかりやろうぜ」

私は、口にこそ出さなかったが、二人の病人は、どうしても、みんなの力とちえをあわせて、全快させないと、アホウドリに、はずかしいと思った。

川口の雷声《かみなりごえ》

宝島に二晩とまって、三日めの夜あけに、かめ、流木、塩、草ブドウを、伝馬船《てんません》いっぱいに積みこんで、宝島をあとに、本部島へ漕《こ》ぎだした。

いつもならば、三人が交代して宝島に居残るのであるが、飲料水タンクの石油缶《かん》が、どうしたことか、急に三つとももりだして、知らぬ間にすっかりからになってしまった。そして、水のはいっているのは、ただ一缶だけ。それも、半分いじょう使った残りなのだ。宝島からは、一てきの飲料水も出ないのだから、これでは、安心して三人の当番を残してはおけない。それで、一時、全員ひきあげることにして、八人が伝馬船に乗って、出発した。「まわりあわせ」というのには、まったくふしぎなことがある。この水タンクが、三つとも急にもり出したことは、十六人にとって、たいへんつごうのいいことになったのだ。

九月三日の美しい日の出を、海上でむかえて、東へ東へと漕ぎ進んで、十時すぎに、本部についた。

いつも三人だけ、宝島にはなれていたのに、ひさしぶりで、十六人の顔がそろった。伝馬船の荷物を、総員で陸あげしてから、石油缶にいっぱいつめてきた、おみやげの草ブドウの実を、みんなで、おいしくたべた。そして、二人の病人には、とくべつにたくさんわけてやった。これも、島のたのしいひとときである。

「ちょっとの時間だ。大いそぎで、だれかかわって、見はり当番にも、ごちそうしてやれ」

私の一言で、見はり番にはかわりの者がのぼって、やぐらから当番の川口もよびおろされて、大喜びで草ブドウをほおばっていた。

運転士が、るす中のことについて報告したが、おしまいに、

「それから、病人のことですが、おるす中に、よくいってきかせたのです。みんなが心配しているのだから、一日もはやく、アザラシの薬をのんで、元気になってくれ。おまえたち二人が、アザラシの胆《きも》をのんだら、みんなが、どんなに安心して喜ぶことだろう。二人のためばかりではない、みんなのためだからな、と申しますと、よくわかりました、早くのんでよくなりましょう、と、すっかり承知しました」

と、つけくわえた。

「そうか、それはいい。では、さっそく実行しよう。やがて昼飯になるだろうが、そ

れまでに、やってしまおう」

そこで急に、アザラシの胆とり役の、くじびきがはじまった。見はり当番の川口は、「鼻じろ」から胆をとるくじびき、ときいて、さっと顔色をかえたが、そのまま走って、やぐらにのぼって行った。ほかの者は、昼飯までそれぞれの当番配置につこうとして、島の活気みなぎる仕事がはじまりかけた。

アザラシの胆とり部隊は、隊長が水夫長、つづく勇士が、範多《はんた》と父島。この三人が、くじをひきあてたのだ。

漁業長が、かなり大きな帆布を持ってきて、

「アザラシの死体は、手ばやくこれでつつんで、ほかのアザラシに見せないように」

と、父島にいって、手わたしてから、三人に、

「いっぺんにアザラシどもをおどろかして、あの半島によりつかなくなっては、たいへんだから、そのへん、うまくたのむよ。それから、こっちは、はだかだから、『鼻じろ』に、かみつかれたり、ひっかかれたりして、けがをしないように」

と、注意した。父島が帆布を持ち、水夫長と範多が、太いぼうをかついで、私たちに、ちょっと敬礼をして、

「うまく、やってきます」

といって、三人が二、三歩あるきだした。その時だ。見はりやぐらの頂上で、

「あっ」

という、とほうもない大きなさけびが、ただ一声。大声の持主、川口が、せいいっぱいの雷声を出したのだ。とつぜんのことで、みんな、びっくりした。ただごとではない。

「なんだ」

「どうした」

十五人が、いっせいに見あげるやぐらの頂上では、川口が、もう一声も出せず、うでをつき出して、めちゃめちゃに足場板をふみならしているではないか。それを一目見て、

「気がちがったっ」

ぎょっとしたみんなは、その場に、立ちすくんでしまった。

船だ

川口が、気がちがったようにつき出したうでにみちびかれて、沖に目をうつすと、

はるか水平線のあなたに、とても小さいが、くっきりと、スクーナー型帆船《がたはんせん》の帆が見えるではないか。

「あっ」

こんどは地上の十何人が、だれもかも、手にしたものをほうり出して、とびあがった。

「たいへんだっ、船だっ」

「それっ。信号だっ、火だっ」

「伝馬《てんま》っ」

総員は、右に左に、それこそとびちがうように走って、非常配置の部署についた。それが、またたくまに、みごとにてきぱきと、日ごろの訓練どおりに、手順よく進行した。

三ヵ所から、みるみる黒煙がふきあがりはじめた。

私は、双眼鏡を首にかけながらなぎさに走って、伝馬船にとび乗ると、伝馬船当番の三人の水夫は、もう、櫓《ろ》と櫂《かい》とをにぎっている。飲料水入りの石油缶《かん》をかついで、水夫長が乗りこむ。と私と水夫長と当番三人の、帽子と服とをひとまとめにしたつつみが、伝馬船に投げこまれる。数人が、伝馬船をなぎさからつき出す。

すると、櫓も櫂もぐっとしわって、伝馬船は、ぐんぐん沖にむかって進んでいた。これがみんなほとんど同時に活動しだしたのだ。まるで、電気ボタンをおすと、大きな機械が一時に動き出すのとおなじように——

「ばんざあいっ」

島に残った十一人が、のどもさけろとさけぶのも、はやうしろに、

「えんさ、ほうさっ」

櫓と二つの櫂をしわらせて、うでっぷしのつづくかぎり、沖合はるかの帆船めがけて、ただ漕《こ》ぎに漕いだ。

その帆船は、どこの国の船かわからない。はだかで漕ぎつけては、日本の名誉にかかわる。それで、まえから、こういう場合のことを考えて、船長と水夫長、それに伝馬船当番三人の、帽子と服とはひとまとめにしておいて、飲料水といっしょに、いざというとき、伝馬船につみこむ用意がしてあったのだ。あの船に近くなったら、ひさしぶりで服装をととのえて、どうどうと乗りこもう。

ふりかえって見ると、島には、黒煙がいきおいよく立ちのぼっている。沖の船では、遭難者がすくいをたのむ信号と見ているにちがいない。一こくもはやく漕ぎつけよう。

さて、島では、見はりやぐらにむらがりのぼって、沖の帆船と、だんだん小さくなって行くわれらの伝馬船をみんなだまって見まもっていた。昼飯をたべることなど、すっかりわすれている。

　あの剛気な川口が、せいいっぱいの雷声で、「あっ」と一声は出たが、あまりのうれしさに、それっきりのことばが出なかったのだ。あの場合、だれだってそうだろう。「あっ」というのは、「船だ」「帆だ」という意味なのだ。

　島にのこって沖を見つめている十一人は、説明のしようもない、ただ胸いっぱいの気もちで、だれもだまっている。目にはなみだがいっぱいだ。わかい者は、一時はこうふんもした。だが、じきにおちついた。老年組は、さすがに、岩のようにどっしりとしていた。せんぱいたちは、どんなときでも、りっぱなお手本を青年たちに見せているのだ。ここが、日本船員のえらいところだ。


　風が、ぴゅうぴゅうふきだしてきた。波のしぶきが、海面に白く立ちはじめた。その中を、伝馬船はあれ馬のように進んでいった。漕ぎ手は、いまこそ、たのむはこの二本の鉄のうでと、めざす帆船にへさきを向けて進むのである。けれども、漕いでも、漕いでも、帆船は近くならない。はじめは近く見えたが、四時間も漕いだのに、いっこう近くならない。

島を漕ぎ出したのは、正午ごろであった。午後四時すぎやっと帆船が近くなった。私は遭難いらい、五ヵ月ぶりでズボンをはき、上着をきて、船長帽をかぶった。水夫長も三人の漕ぎ手も、交代で漕ぐ手を休める間に、服をきた。これは、われら日本船員のみだしなみだ。だが、はだしはしかたがない、難破船員だから。

そのとき、私の双眼鏡のレンズにうつったものがある。

「おや。ゆめではないか」

また見なおした。たしかにそうだ。

「おい。日の丸の旗だっ。よろこべ、日本の船だ」

「えっ。日本の船。しめたっ」

水夫長も、水夫も、つけたばかりの上着をかなぐりすてて、猛烈に漕いだ。

みるみる帆船は、すいよせられるように近くなる。ついにわれらの伝馬船は、帆船へ漕ぎついた。帆船から投げてくれた索《つな》をうけとって、伝馬船は帆船の舷側《げんそく》につながれ、上からさげられた縄梯子《なわばしご》をつたって、私たちは、さるのようにすばやく、帆船の甲板におどりこんだ。

まっさきに甲板に立った私は、むらがって、私たちを見まもる船員の中央に立って

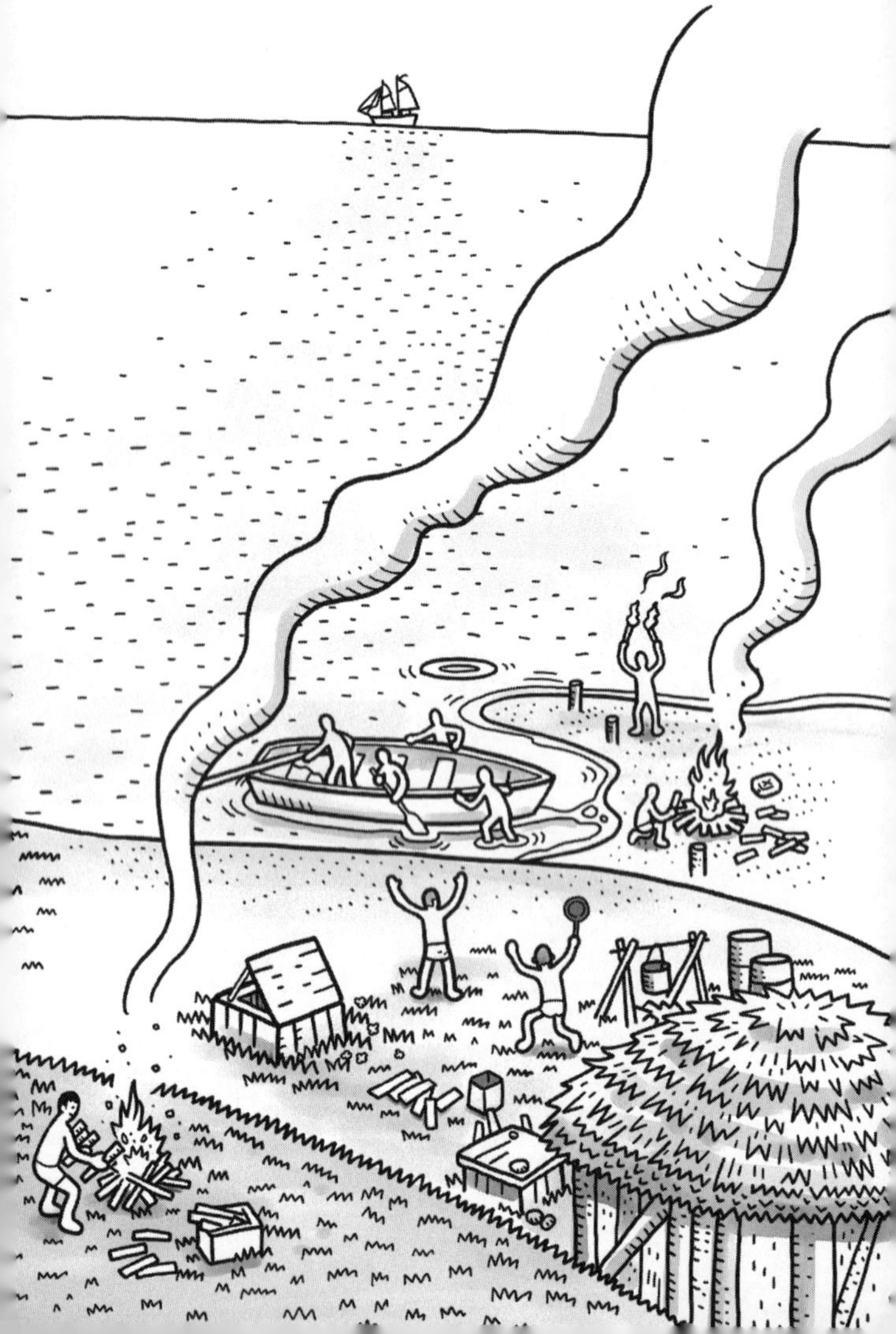

いる人を、一目見て、思わず、「あっ」とよろこびの声をあげてしまった。それは、この帆船的矢丸《まとやまる》の船長で、私にとっては友人の、長谷川《はせがわ》君であったのだ。大洋のまんなかで、二人は感激深い対面をしたのである。

的矢丸にて

私たちの漕《こ》ぎつけた船、スクーナー型、百七トンの的矢丸は、政府からたのまれて、遠洋漁業をやっている帆船《はんせん》である。めったに船のくるところではない、このへんの海の漁業調査のため、パール・エンド・ハーミーズ礁《しょう》の北の沖を、西にむかって、暗礁《あんしょう》をよけて航海中、とつぜん、水平線に黒煙が二すじ三すじ、立ちのぼるのを見た。

「たぶん、外国の軍艦でも遭難しているのだろう。錨《いかり》のとどくところがあったら、ともかくも、碇泊《ていはく》しよう」

それで錨を入れたのは、われらの本部島から、十二カイリ(二十二キロ)の沖であった。

「ボートらしいものが、やってきます」

「日本の伝馬船《てんません》です」

「乗っているのは、まっ黒い、はだかの土人です」

望遠鏡で見はっていた当直の者から、このような、やつぎばやの報告を受けて、的矢丸の長谷川船長は、遭難した土人が漕ぎつけてくるのだ、と思いこんでいた。

そこへ、縄ばしごをつたって、甲板によじのぼってきたのは報告どおりの、まっ黒な土人が五人。酋長《しゅうちょう》らしいのが、ただ一人、気のきいた服装をしている。その男が甲板に立って、きっと、こちらを見つめていたが、とつぜん、大きな声で、

「あっ。長谷川君」

とよぶと、飛びつきそうなかっこうで、両手をひろげて、せまってくる。

長谷川船長は、びっくりした。

「ええっ」

目をすえて、土人を見きわめようとするまに、両うでを、力いっぱい、土人につかまれてしまった。でも、友人はありがたい。すぐにわかった。

「やっ。中川君。どうした——」

「龍睡丸《りゅうすいまる》は、やられた……」

「みんなぶじか」

「全員ぶじだ」

それから私は、船長室にあんないされて、ひととおり遭難の話をしてから、すくってくれるようにたのんだ。

「われわれ十六人を、今すぐすくってくれれば、これにこしたことはない。しかし、君の船はまだ漁業がおわらないのに、急に十六人がやっかいになっては、食糧や飲料水にもこまるだろうし、漁業のさまたげにもなって、めいわくだろう。そこで、どうだろう、一人だけ日本へつれて帰って、報効義会《ほうこうぎかい》へ遭難のようすを報告させてくれないか。もし、それもできなければ、手紙一本だけ日本へ持って帰って、とどけてくれないか。今のところ病人が二人あるが、まだ一年二年は、命にさしさわりはあるまい。それに、十六人は今までの研究で、これからさき何年でも島でくらして行ける自信がある。米もまだ、節約したのこりが、三斗五升（六十三リットル）はあるから」

　両うでを組んで、目をつぶってきいていた長谷川船長は、

「君も知っているように、的矢丸は、やっと目的の漁場についたばかりだ。これから、ほんとうの仕事をはじめるところだ。今すぐ君たち十六人を、この船にひきとって、ここから、日本へ引き返すことはできない。それで、漁業がおわってから、みんなを日本へつれて行こう。それにしても、この島にいたのでは、命とたのむ飲料水にこまるだろう。さしあたり、いい水の出るもっと大きな島、ミッドウェー島に、十六人を

明日にも送りとどけよう。そしてミッドウェー島で、的矢丸の漁業のすむまで待っていてくれ。米も寝具も服も何もかも、もう不自由をさせないよ。いい薬もある。ミッドウェー島は、ここから六十カイリばかり北西の方だ。ともかく今夜は、この船にゆっくりとまって行きたまえ、米のめしをごちそうするよ。あすの朝、本船をできるだけ島によせるから」

といってくれた。

その間、水夫長と三人の水夫は、水夫部屋にみちびかれて、心から同情する的矢丸乗組員の、まごころこめての接待をうけた。

そして、きかれるままに、島生活の話をした。四人をとりまいて、目をまるくして、ねっしんに聞き入る人々は、ことごとに感心して、

「ふうん」

「ほほう」

と、ときどき、声をたてたり、ためいきをついたりした。病人とアザラシの胆《きも》とりの話をきいて、なみだぐむ人もあった。

的矢丸の水夫長が、

「本船には、いい薬がありますよ、なにしろ役所からの命令船ですからね。『熊《くま》の胆《い》』もありますよ。安心してください。本船は小さいが、それこそ、大船に乗ったつもりでね」

と、しんせつにいってくれた。

「日本もえらくなったものだ。あたりまえの船がくるところじゃあない、こんな、太平洋のまんなかの無人島へ、日本船が二隻《せき》も集まったのだ。そして、一隻は難破、一隻はその助け船。これはまたふしぎなまわりあわせになったものだ」

と、つくづく感心している者もあった。

「ご飯を、ごちそうしよう」

と、上甲板の日よけ天幕《テント》の下に、とくべつにテーブルと椅子《いす》とをならべて、五人の席ができた。五人は長い間見なかった、白い、かたいご飯を、ごちそうになった。しかし、私はどうしても、それがのどをとおらなかった。

「ああよかった。十六人は、助かった――」

ただそればかりで、胸がいっぱいだ。お茶をのんでも、味がわからない。まして、ならべてある心づくしのお皿に、何があるのか……

水夫長も水夫も、おなじらしい。かれらは、ご飯を一口ほおばっては、いつまでもかんで、なみだをぽろぽろこぼしている。そして、半分腰をうかして、私の顔をときどき見るのだ。

「はやく、島の連中に、このよろこびを知らせてやりましょう」

と、あいずをする気もちは、よくわかる。かれらにも、ものの味などは、わからないのだろう。こうなっては、じっとしてご飯をもぐもぐかんではいられない。私は、立ちあがった。

「長谷川君、ありがとう。一こくもはやく、島の連中をよろこばせてやりたい。ぼくはもう帰る。ご飯は、とちゅうの弁当にもらって行くよ」

「たいした風ではないが、少し波もある。夜はむりだよ、とまっていけよ」

しんせつにいってくれるが、あした、的矢丸を本部島の近くへよせてもらうことをやくそくして、私たち五人は、夕方五時すぎに、ふたたび伝馬船に乗って、的矢丸をはなれた。

そして、本部島の方角にけんとうをつけて、元気よく漕いだ。

よろこびの朝

島では日がくれてから、かがり火を、さかんにもやした。夜どおし交代で、かがり火当番をしてもやしつづけた。そのころやっと、みんなが、いろいろとうわさをはじめた。

「どこの国の船だったろう」

「助けてくれるかしら」

「遠い外国へ行く船だったかもしれない」

青年たちは、眠られぬらしい。夜がふけても、かがり火のまわりに集まっている。

漁業長と小笠原《おがさわら》老人が、かわるがわるいった。

「当番だけ起きていて、火をもやしつづければよい。あとの連中は、みんなおやすみ。いくらここで気をもんでも、どうにもならないよ。なるようになるのだ。親船に乗った気でいるというのはこういうときのことだ。安心して、さあさあ、おやすみ」

こうして、青年たちをたしなめた。

太平洋のまんなかの波にうかぶ、小さな伝馬船《てんません》には、風はすこし強すぎたが、雲の切れめにかがやく星をたよりに、波をおしわけて漕《こ》いだ。「十六人は助かったのだ」このよろこびは、人間のうでの力に人間いじょうの力をつけた。こうなっては、二本のうでは、電気じかけの機械のように、少しもつかれない。ただ漕ぎつづけた。

ま夜中の一時ごろか、水平線の一ところ、雲が、ぽっと赤いのを見つけた。島でたく大かがり火が、雲にうつっているのだ。もうだいじょうぶだ。島は見つかった。

火のうつっている赤い雲をたよりに、一晩中漕いだ。そして翌日、すなわち九月四日の夜あけに島に帰りついた。そのとき青年たちは、まだ眠っていた。かがり火当番と、見はりやぐらの当番と老年組は、なぎさに走ってきた。

「おうい、助かったぞ。みんな起きろ」

この一言で、島はまるで、蜂《はち》のすをひっくりかえしたようなさわぎになった。

われらは、ついに助けられたのだ。小さな名もない島から、おとなりの、大きなミッドウェー島へ、海上六十カイリの引っこしをするのだ。

みんな、大よろこびで、荷づくりがはじまった。めいめい研究したものを、とりまとめたり、めぼしい品物を集めたり、小屋をかたづけたり……

糧食がかりの運転士が、一同にいった。

「みんな、不自由を、よくしんぼうしてくれた。きょうは、ありったけのごちそうをするから、えんりょなく註文してくれ」

　わかい者たちは、よろこんだ。

「かたい、白いめしをたいてください」

「ライスカレーを作ってください」

「パインアップル缶《かん》をあけてください」

「あまいコンデンスミルクを願います」

　料理当番は、てんてこまいだ。

　十六人は、島ではじめての、そしていちばんおしまいの、大ごちそうの朝飯のまえに、一同そろって、海水に身を清めてから、はるか日本の方角にむかって、心から神様をおがんだ。

　それから私は、整列している一同に、いった。

「いよいよ、この島を引きあげるときが来た。考えてみると、よくも、あれだけの困難と不自由とをしのいで、海国日本の男らしく、生きてきたものだ。

　一人一人の、力はよわい。ちえもたりない。しかし、一人一人のま心としんけんな努力とを、十六集めた一かたまりは、ほんとに強い、はかり知れない底力のあるものだった。それでわれらは、この島で、りっぱに、ほがらかに、ただの一日もいやな思いをしないで、おたがいの生活が、少しでも進歩し、少しでもよくなるように、心がけてくらすことができたのだ。

私たちはこの島で、はじめて、しんけんに、じぶんでじぶんをきたえることができた。そして心をみがき、その心の力が、どんなに強いものであるかを、はっきり知ることができた。十六人が、ほんとうに一つになった心の強さのまえには、不安もしんぱいもなかった。たべるものも、飲むものも、自然がわけてくれた。アザラシも、鳥も、雲も、星も、友だちとなって、やさしくなぐさめてくれた。これも、みんなの心がけがりっぱで、勇ましく、そしてやさしかったからだ。私は心から諸君に感謝する。ありがとう。

これから、おとなりのミッドウェー島で、三ヵ月もくらせば、的矢丸《まとやまる》がむかえにきてくれる。ミッドウェー島に引っこしてからは、この経験したことに、みがきをかけて、ほんとうのしあげをしなくてはならない。いっそう、よくやってもらいたい。あらためて、みんなにお礼をいう」

私は、みんなに対して、まごころこめて、おじぎをした。

十五人も、ていねいに頭をさげた。しばらくは、みんな、銅像のように立っていた。

すすり泣く者もあった。

小笠原老人が、一歩前へ出た。頭をさげて礼をしてから、とぎれとぎれにいった。

「年の順で、一同にかわりまして。……ただ、ありがたいと思います。この年になって、はじめて、生きがいのある一日一日を、この島で送ることができました。心が、海のようにひろく、大きく、強くなった気がします。

ありがとうございます。このうえとも、よろしくお願いいたします」

私は、このときの感激を、いまでもわすれない。みんなも、そういっている。心と心のふれあった、とうといひびきを感じたのだ。

たのしい朝飯のはしをとった。笑い声が、たえまなくわきあがる。水夫長は川口に、なによりのみやげ話をした。

「的矢丸には、いい薬がある。『熊《くま》の胆《い》』もあるよ。よろこべ、『鼻《はな》じろ』の胆《きも》はようなしだ。あいつも命びろいをしたよ」

川口は、近ごろはじめて、胸をそらして、

「うあっ、はっはっ」

と、雷声でごうけつ笑いをした。それがまた、とてもうれしそうだったので、十五

人も声をそろえて、

「うあっ、はっはっ」

と、大笑いをした。

食後、運転士から、一同に、

「的矢丸の人たちが、ここへ上陸するまでに、ズボンだけでもはいておけ。はだかは、もうおしまいだ」

と、注意した。

さらば、島よ、アザラシよ

かくて、この日の午後、的矢丸は本部島の沖に近よって、伝馬船《てんません》一隻《せき》と、漁船三隻をおろして、乗組員は、十六人をむかえにきた。

的矢丸の船員は、島のあらゆる設備を見て、ただ感心するばかりであった。かめの牧場におどろきの目を見はり、われらの友アザラシの、頭やおなかをさすってみた。川口は「鼻じろ」を的矢丸の人たちに紹介した。

的矢丸船員も手つだって、龍睡丸《りゅうすいまる》の伝馬船と、的矢丸の四隻の小船とは、何べんも、島と的矢丸との間をおうふくして、荷物を運んだ。その荷物が、ふうがわりなもので、引っこし荷物のほかに、的矢丸の糧食にするため、たくさんの海がめと、石油缶《かん》につめた貴重な雨水が、三十缶、料理用たきぎとして、流木をまきにしたものが、八十五束もあった。

国後《くなしり》、範多《はんた》、川口をはじめ、アザラシとともにべつ仲よしの連中と、もう、ふたたび見ることのできないアザラシたちとのわかれは、見る人々の心を動かした。

十六人が島から引きあげることを、アザラシどもは察したのであろう。伝馬船のあとをしたってよいだりもぐったりして、沖の的矢丸までついてきた。

的矢丸の長谷川《はせがわ》船長は、ほろりとしつつ、いった。

「野生のアザラシでも、こんなになつくのですなあ。はじめて知りましたよ。これはいい報告の材料になりました」

夕方、的矢丸は、ようやくふきつのった風に帆をはって、本部島をはなれた。われら十六人は、目になみだをいっぱいためて、いつまでも、このなつかしい島を見送った。

ミッドウェー島に、うつり住むとばかり思っていた十六人は、思いがけなくも、そのまま的矢丸で、航海をつづけることになったのだ。それには、つぎのようなわけがあった。

はじめ、私たちが救いをたのみに的矢丸に漕《こ》ぎつけたとき、十六人の島生活の話をきいた、的矢丸の水夫や漁夫たちは、

「えらいもんだなあ」

と、すっかり感心してしまった。そして、伝馬船が島へむかって出発したあと、十六人のうわさばかりしていた。そこへ、日がくれてから、水夫長が、水夫部屋へとびこんできた。

「おい、みんな聞いたか、あす、十六人をミッドウェー島へ移すのだとさ」

「どうして、本船に乗せないのです」

「糧食と飲料水の心配なら、わしら、いままでの半分でも、四半分でも、がまんします。どうか、本船に乗せてあげてください」

「そうだとも。十六人は、わしらのお手本だ」

「船長に、みんなで、お願いしよう」

こんなわけで、一同の願いがきき入れられて、十六人は、的矢丸に乗り組むことに

なったのだ。船長も、はじめから、こうしたかったのだ。しかしそうすれば、乗組人数は、これまでの二倍になる。米は、数ヵ月よぶんによういしてあるからだいじょうぶだが、水タンクの大きさにはかぎりがある。飲料水は、いままでの一人一日の量を半分にしても、こののち幾日も雨が降らず、水がえられないと、さらに三分の一にも、へらさなくてはなるまい。これを、部下の船員が、はたしてしんぼうするだろうか。この心配から、気のどくではあるが、十六人に、ミッドウェー島で待っていてもらうことを考えたのであった。

母国の土

的矢丸は、できるだけ水を節約しつつ、愉快な航海をつづけた。十六人が乗り組んでから、船内は、いっそうほがらかに、的矢丸乗組員は、たいへん勤勉に、そして、規律正しくなった。それは、十六人が恩返しに、的矢丸の仕事に、まごころをつくして働くのを、見ならったからだ。

島の教室は、的矢丸船内にうつされた。そこでは、的矢丸乗組員の一部もくわわって、学習がはじまった。こうして龍睡丸《りゅうすいまる》乗組員は、勉強のしあげができた。また、的矢丸も、りっぱなせいせきで、遠洋漁業をすませて、故国日本へ帰ってきた。

明治三十二年十二月二十三日。十六人は、感激のなみだの目で、白雪にかがやく霊《れい》峯《ほう》富士をあおぎ、船は追風《おいて》の風に送られて、ぶじに駿河湾《するがわん》にはいった。そして午後四時、赤い夕日にそめられた女良《めら》の港に静かに入港した。

十六人は、的矢丸の人たちに、心の底から感謝のことばをのこして、「よし、やるぞ」の意気も高らかに、なつかしい母国の土を、一年ぶりでふんだ。そして、すぐその足で、女良の鎮守《ちんじゅ》の社《やしろ》におまいりをした。

島で勉強したかいがあって、いままで、ろくに手紙もかけなかった漁夫や水夫のだれかれが、りっぱな手紙を出して、両親や兄弟を、びっくりさせたり、よろこばした話もある。また、四人の青年は、翌年一月、逓信省《ていしんしょう》の船舶職員試験に、みごときゅうだいして、運転士免状をとった。これだけでも無人島生活はむだではなかったと、私はうれしい。

その後、しばらくして十六人は、また海へ乗り出して行った。

中川船長の、長い物語はおわった。ぼく（須川《すがわ》）は、夢からさめたように、あたりを見まわした。物語のなかに、すっかりとけこんでいたので、よいやみせまる女良の鎮守の森の、大枝さしかわすすぎの大木の根もとに、あぐらをくんでいるのだと思っていたが、この大木は、練習船琴《こと》ノ緒《お》丸《まる》帆柱で、頭上にさしかわす大枝は、大きな帆《ほ》桁《げた》であった。

見あげる帆桁の間からは、銀河があおがれた。夜もふけて、何もかも夜露にぬれ、帽子からぽたりと落ちた露といっしょに、なみだがぼくの頬を流れていた。

痛快！　十六中年漂流記

椎名　誠

　なぜか島が好きでずいぶんあちこちの島旅をしてきた。国内だけでなく外国の島も行った。どうして島がそんなにいいんですか、とよく人に聞かれる。そのたびにまあいろんなことをもっともらしく話しているのだが、実のところ自分でもどうして島が好きなのかな、という本当のところの理由はわからないのである。ただし、島に行く旅のときは必ず気持ちがざわざわする。今度行く島はどんな風景でどんな人々がいてどんな風が吹いているだろうか、という単純な興味がまずひとつ。それから、島には不思議なナニモノカが存在している——という自分だけが勝手に確信している何かがあって、それを確かめるのも密《ひそ》やかな楽しみになっている。

　日本には６８５２の島があり、そのうち４２１が有人島である。小さな島国のそのまわりに散らばる小さな島々で、その多くに電気があり、テレビや電話が完璧《かんぺき》につながっている情報過密の島ばかりだが、それでも海を渡っていくというだけで島にはその島にしかない独特のナニモノカがそこにとらまえられていて、訪れた人に何かを語りかけてくれるのだ。それをキチンと簡単に言えば「島独自の文化」というたいして面白みもない言葉になってしまうのかもしれないが、もっと別の言い方をすれば、四辺を海によって閉ざされた孤立したものたちの息吹《いぶき》やざわめきといったものであるのかもしれないのだ。

これまでたくさんの島々に泊まったが、その中には無人島もいくつかある。無人島というと人々はたいていい無邪気に、いいですねえなどと言うが、それほどいいことはない。人がいないのだから食物はないし、往々にして水もないし、第一退屈である。

無人島にもいくつかの種類がある。昔からずっと誰も住んでいない生粋の無人島。昔、人が住んでいたがあまりにも不便なので住んでいる人が離島した、かつて有人、今無人というタイプのもの。この両者を比べると、後者の無人島の夜というものがなんだか常に一番あやしい。そういう無人島に泊まってひとりで夜中に目が覚め、テントから出てそこらを歩くと、絶対にそこにいるらしいナニモノカが必ず何かを囁《ささや》きかけてくるのである。まあしかしそれが怖面白《こわおもしろ》くて、それらの島々に行く旅を続けているのかもしれないのだが……。

無人島に漂着した人間の話はたくさんの物語になっている。一番有名なのは、ダニエル・デフォーのロビンソン・クルーソーの物語だろう。ロビンソン・クルーソーほど世界中の子どもたちが胸躍らせて読んだ冒険物語はないだろう。その後、たくさんのロビンソン・クルーソー漂流記の変形譚《たん》が書かれてきた。「スイスのロビンソン」「熟練水夫レディ」「火口島」「珊瑚《さんご》島」「神秘の島」「太平洋の孤独」「蠅《はえ》の王」「金曜日、あるいは太平洋の冥界《めいかい》」など、世界中でそれぞれのロビンソンが書かれてきたといっていいだろう。その次に世界中の子どもたちが読んだのが、ジュール・ベルヌの『十五少年漂流記』（原題『二年間の休暇』）であろう。

ロビンソン・クルーソーはよく知られているようにスコットランド人の船乗り、アレクサンダー・セルカークが一七〇四年から一七〇九年にかけて太平洋のフォン・ヘルナンデス島に置き去りにされ、救出されるまでの実体験をモデルにして書かれたものだ。

十五少年のほうはSF作家、ベルヌの完全な創作であるから、これは世界中のどこの誰が読んでも胸躍らせ心沸き立たせて面白く読めるように話が作られている。

ぼくの単純な島好きは、子どもの頃読んだこの二つの漂流記に圧倒的に魅せられ、つまりはそれが呪縛《じゅばく》となって、今の島旅好きにつながっているというのは間違いないのである。

けれどさっきも書いたように本当に無人島でキャンプなどしていると、最初のうちはそれなりの絶海の孤島の魅惑や、寂寥感《せきりょうかん》、あるいはそういうところでしか味わえないようなサバイバル生活の真似《まね》事などを面白がっていられるが、現代の文明生活に慣れてしまったものにとっては、そういう場所にいられる時間の限度がある。無人島というのは、迎えの船が来るという保証がある限り、とにかく安穏として退屈なものなのである。

それが日本のような温暖地帯から離れて、地球の緯度や経度の上でもっと厳しい場所に行ったりすると、そこには物理的に耐えきれないような気候風土の過酷さや、隔離や幽閉といった文明社会から途絶された絶望感も加わって、精神が耐えられるかどうかのぎりぎりの状態に追い込まれるようになる。

かつてぼくは南極とホーン岬の間の吠《ほ》える海、ドレイク海峡にかろうじて飛び出している、島とはいえないような岩峰、ディ・ゴ・ラミレスや、アリューシャン列島の烈風吹き巻いている孤島アムチトカ島などに行ったことがある。どちらもそこに人が住んでいたのだ。アリューシャン列島のアムチトカ島は、日本人の漂着民が四年間も住んでいたところであるが、実際に自分もそこで数日間暮らしてみて、人間の耐久力や限界といったものは自分自身の中にあるものだということを実感した。本物の漂流記は、絶望と死とその隙間《すきま》からほんの少し顔を覗《のぞ》かせている精神的な希望の光を、なんとかたぐりよせていこうとする慟哭《どうこく》と葛藤《かっとう》の連続していく世界なのだろう。

本書『無人島に生きる十六人』を最初に見たのは、世界中の無人島の漂流記譚を集めているときだった。それらを紹介する古い文献をたどっていき、講談社が昭和初期にこのような本を発行したという記述を読み、知り合いの講談社の社員に問い合わせ、たった一冊残っていたその本のコピーをもらったことに端を発する。

話の内容は本書を読んでの通りでまことに痛快、まさに『十五少年漂流記』の向こうをはって堂々たる日本版「十六人おじさん漂流記」の面白さであった。

一気に読んでしまったが、あまりにもコトの運びがスリリングかつダイナミック、そして勇敢であり挑戦的であり、耐久耐乏力も存分に持ち、協調性に満ちてしかも最後まで志を失わず、博愛にあふれ、数々の創意工夫の中から発明の粋を凝らす、という無人島漂流記としてはパーフェクトに近い話である。これらの一連の話の展開ができすぎているので、もしやこれはフィクションではないのかと思った。

原本は、実際にこの漂流を体験した当事者から著者が直接話を聞くという構成になっており、これはある意味ではロビンソン・クルーソーのデフォーとセルカークの関係をも彷彿《ほうふつ》とする。したがって本当の体験談からは多少のデフォルメや誇張、あるいは修正などが施されているのかもしれないが、全体をあらためて見る限りどうもやはり全くのフィクションではないようだと思わざるをえなかった。

この本のことを、ちょうどその頃ぼくの旅についてのムックを編集していた新潮社の編集チームのひとりに話したところ、彼はそのことにいたく興味を募らせ、その周辺の情報をさらに集め始めた。そこで行き当たったのが『冒険実話　りゅうすゐ丸漂流記』（大道寺謙吉著）という明治三十六年、共昌社から発行された一冊の本であった。共昌社は三重県の津市にある出版社で、巻頭に当時の三重県知事古荘嘉門《ふるしょうかもん》氏の題字や、商船学校教授松本安蔵氏の序文などが書かれている。

編集者はさらに当時の新聞などを照合し、著者の遺族の軌跡を昭和三十年代くらいまではつきとめたが、今はその段階で止まっているようだ。いずれにしてもこの冒険譚がまさしく実話そのものが綴《つづ》られたものであるということは間違いないようだ。そのことからこのように新潮文庫で復刻される運びになった。

かつて海洋大国日本といわれていたが、今はそのような言い方がなされることはめったになくなってしまった。

海に囲まれ、海に恵まれた国なのに、海の向こうを眺めて海外雄飛を思う少年なども実際にはほとんどいない時代なのだろう。そんな時代に、明治のこの海の男たち、海洋練習船の青年たちの躍動にみちた漂流譚が復刻されることはすばらしいことだと思う。

ぼくの個人的な感想を言えば、ストーリーテラーとしてのジュール・ベルヌがこれでもかこれでもかと面白話を積み重ねた『十五少年漂流記』よりも、本書のほうが、話の展開として、そして実際に誰一人死なず、きっぱりと故国に生還している事実の経過という点でも、ずっと上をいく痛快譚ではないかと思っている。

話はまったく変わるけれど、この本を見つける数年前、一九七〇年刊行の文藝春秋の『現代の冒険』シリーズ第五巻に収録されていたアーネスト・シャクルトンの『エンデュアランス号漂流』（抄訳）を引っぱり出し、当時植村直己さんの数々の冒険行のサポート役などをしていた文藝春秋の編集者、設楽敦生さんとその話をし、ぜひそれの全訳を文藝春秋から復刻させようとふたりで固く手を握り合って約束したことがあった。けれどその翌年、設楽さんは突然病に倒れ急逝された。ぼくと設楽さんの固い握手とその約束は空中分解した形になった。

そのわずか数年後、いきなり新潮社からアルフレッド・ランシングの『エンデュアランス号漂流』（全訳）が刊行され、おお、と思って喜んで読んでいたが、その後

『南へ　エンデュアランス号漂流』『エンデュアランス号　シャクルトン南極探険の全記録』等々立て続けに何冊も関係本が出て、まあわが数年前の夢の思いは、ある種の慧眼《けいがん》だったのだよなあ、とひとり寂しく個人的に頷《うなず》いていたものである。

そんなこともあったので、今度本書の刊行が無事実現できたことがうれしくてならない。どうぞ読者の皆さん、この本の中で活躍する闘志と耐久力に満ちた明治の海の男たちの喜びと悲しみ痛快冒険譚にたくさんの拍手を――。

（二〇〇三年四月、作家）

この作品は昭和二十三年十月講談社より刊行された。

表記について

新潮文庫の文字表記については、原文を尊重するという見地に立ち、次のように方針を定めました。

一、旧仮名づかいで書かれた口語文の作品は、新仮名づかいに改める。
二、文語文の作品は旧仮名づかいのままとする。
三、旧字体で書かれているものは、原則として新字体に改める。
四、難読と思われる語には振仮名をつける。

なお本作品集中には、今日の観点からみると差別的表現ととられかねない箇所が散見しますが、著者自身に差別的意図はなく、作品自体のもつ文学性ならびに芸術性、また著者がすでに故人であるという事情に鑑み、原文どおりとしました。

（新潮文庫編集部）

ヴェルヌ
波多野完治訳

十五少年漂流記

嵐にもまれて見知らぬ岸辺に漂着した十五人の少年たち。生きるためにあらゆる知恵と勇気と好奇心を発揮する冒険の日々が始まった。

H・クーパーJr.
立花 隆訳

アポロ13号 奇跡の生還

想像を絶するクライシスに立ち向かう三人の宇宙飛行士と管制官。無事帰還をするまでの息詰まる過程を描いた迫真のドキュメント！

ゴールディング
平井正穂訳

蠅の王

ノーベル文学賞受賞

戦火をさけてイギリスから疎開する少年たちの飛行機が南の孤島に不時着した。少年漂流物語の形をとって人間の根源をつく未来小説。

ショーペンハウアー
橋本文夫訳

幸福について
―人生論―

真の幸福とは何か？ 幸福とはいずこにあるのか？ ユーモアと諷刺をまじえながら豊富な引用文でわかりやすく人生の意義を説く。

サン＝テグジュペリ
堀口大學訳

夜間飛行

絶えざる死の危険に満ちた夜間の郵便飛行。全力を賭して業務遂行に努力する人々を通じて、生命の尊厳と勇敢な行動を描いた異色作。

サン＝テグジュペリ
堀口大學訳

人間の土地

不時着したサハラ砂漠の真只中で、三日間の渇きと疲労に打ち克って奇蹟的な生還を遂げたサン＝テグジュペリの勇気の源泉とは……。

スティーヴンソン
佐々木直次郎
稲沢秀夫訳
宝島
一枚の地図を頼りに、宝が埋められている島をめざして船出したジム少年。シルヴァー率いる海賊との激戦など息もつかせぬ冒険物語。

スウィフト
中野好夫訳
ガリヴァ旅行記
船員ガリヴァの漂流記に仮託して、当時のイギリス社会の事件や風俗を批判しながら、人間性一般への痛烈な諷刺を展開させた傑作。

デフォー
吉田健一訳
ロビンソン漂流記
ひとりで無人島に流れついた船乗りロビンソン・クルーソー――孤独と闘いながら、神を信じ困難に耐えて生き抜く姿を描く冒険小説。

W・サローヤン
伊丹十三訳
パパ・ユーア クレイジー
マリブの海辺の家で、僕と父の新しい生活が始まった――10歳の少年が父親との厳しくもさわやかな対話を通じて、世界を学んでゆく。

L・ネイハム
中野圭二訳
シャドー81
ジャンボ旅客機がハイジャックされた。犯人は巨額の金塊を要求し政府・軍隊・FBI・銀行はパニックに陥る……。新しい冒険小説。

A・ランシング
山本光伸訳
エンデュアランス号漂流
一九一四年、南極――飢えと寒さと病に襲われながら、彼ら28人はいかにして史上最悪の遭難から奇跡的な生還を果たしたのか?

阿川弘之著

春の城

読売文学賞受賞

第二次大戦下、一人の青年を主人公に、学徒出陣、マリアナ沖大海戦、広島の原爆の惨状などを伝えながら激動期の青春を浮彫りにする。

阿川弘之著

雲の墓標

一特攻学徒兵吉野次郎の日記の形をとり、大空に散った彼ら若人たちの、生への執着と死の恐怖に身もだえる真実の姿を描く問題作。

阿川弘之著

山本五十六

新潮社文学賞受賞（上・下）

戦争に反対しつつも、自ら対米戦争の火蓋を切らねばならなかった連合艦隊司令長官、山本五十六。日本海軍史上最大の提督の人間像。

阿川弘之著

米内光政

歴史はこの人を必要とした。兵学校の席次中以下、無口で鈍重と言われた人物は、日本の存亡にあたり、かくも見事な見識を示した！

阿川弘之著

井上成美

日本文学大賞受賞

帝国海軍きっての知性といわれた井上成美の戦中戦後の悲劇――。「山本五十六」「米内光政」に続く、海軍提督三部作完結編！

池澤夏樹著

ハワイイ紀行【完全版】

JTB紀行文学大賞受賞

南国の楽園として知られる島々の素顔を、綿密な取材を通し綴る。ハワイイを本当に知りたい人、必読の書。文庫化に際し2章を追加。

北杜夫著
どくとるマンボウ航海記
のどかな笑いをふりまきながら、青い空の下をボロ船に乗って海外旅行に出かけたどくとるマンボウ。独自の観察眼でつづる旅行記。

北杜夫著
どくとるマンボウ昆虫記
虫に関する思い出や伝説や空想を自然の観察を織りまぜて語り、美醜さまざまの虫と人間が同居する地球の豊かさを味わえるエッセイ。

北杜夫著
船乗りクプクプの冒険
執筆途中で姿をくらましたキタ・モリオ氏を追いかけて大海原へ乗り出す少年クプクプの前に、次々と現われるメチャクチャの世界！

沢木耕太郎著
一瞬の夏（上・下）
非運の天才ボクサーの再起に自らの人生を賭けた男たちのドラマを〝私ノンフィクション〟の手法で描く第一回新田次郎文学賞受賞作。

沢木耕太郎著
深夜特急 1
―香港・マカオ―
デリーからロンドンまで、乗合いバスで行こう――。26歳の〈私〉の、ユーラシア放浪が今始まった。いざ、遠路二万キロの彼方へ！

沢木耕太郎著
檀
愛人との暮しを綴って逝った「火宅の人」檀一雄。その夫人への一年余に及ぶ取材が紡ぎ出す「作家の妻」30年の愛の痛みと真実。

椎名 誠著
でか足国探検記
あやしい探検隊が、南米最南端のパタゴニア地方を行く！ 民族学的知を縦横無尽に展開しつつ冒険魂を忘れない面白博物紀行。

椎名 誠著
砂の海
—楼蘭・タクラマカン砂漠探検記—
目的地は、さまよえる湖・ロプノールと二〇〇〇年前の幻の王国・楼蘭。砂塵舞う荒野をずんがずんがと突き進むシルクロード紀行。

椎名 誠著
本の雑誌血風録
無理をしない、頭を下げない、威張らないをモットーに、出版社を立ち上げた若者たち。好きな道を邁進する者に不可能はないのだ！

杉山隆男著
兵士に聞け
新潮学芸賞受賞
軍隊であって軍隊でない「日蔭者」の存在、自衛隊。その隊員の知られざる素顔に迫り、戦後の意味を改めて問うノンフィクション。

杉山隆男著
兵士を見よ
事故死の恐怖、強烈なGの圧迫。それでもF15のパイロットはなぜ空を飛ぶのか。体験搭乗して彼らの心情に迫る自衛隊ルポ第二弾！

妹尾河童著
河童が覗いたインド
スケッチブックと巻き尺を携えて、〝覗きの河童〟が見てきた知られざるインド。空前絶後、全編〝手描き〟のインド読本決定版。

高橋大輔著
ロビンソン・クルーソーを探して
『ロビンソン漂流記』には実在のモデルがいた！　三百年前に遡る足跡を追って真の〝ロビンソン〟の実像に迫る冒険探索ドキュメント。

中島義道著
私の嫌いな10の言葉
相手の気持ちを考えろよ！　人間はひとりで生きてるんじゃないぞ。——こんなもっともらしい言葉をのたまう典型的日本人批判！

中村浩美著
旅客機大全
機体・エンジンの仕組みから機内サービス、空港の整備、事故防止策まで、日進月歩の空の旅を最新データを元に描き出す、航空百科。

野田知佑著
日本の川を旅する
——カヌー単独行——
日本ノンフィクション賞新人賞受賞
北は北海道・釧路川から南は鹿児島・川内川まで全国14の川を単身カヌーで漕ぎ下る、爽快なルポルタージュ！　写真多数を収録。

野田知佑著
のんびり行こうぜ
湖畔に住み、カヌーを漕ぎ、湖に潜り、魚を捕り、捕った魚は食べ、眠る。余分なもののない亀山湖での暮らしを綴ったエッセイ。

野田知佑著
ハーモニカとカヌー
人はなぜ荒野に憧れるのか？　それは自分以外何もなく、完全に主人公になり得るからだ！　雑魚党党首が川の魅力を存分に語る。

紅山雪夫著

ヨーロッパ
ものしり紀行
―《神話・キリスト教》編―

美術館や教会で絵画や彫刻を見るのが楽しくなるだけでなく、ヨーロッパ文化の理解が断然違ってくる！　博覧強記のウンチク講座。

星野道夫著

イニュニック〔生命〕
―アラスカの原野を旅する―

壮大な自然と野生動物の姿、そこに暮らす人人との心の交流を、美しい文章と写真で綴る。アラスカのすべてを愛した著者の生命の記録。

星野道夫著

ノーザンライツ

ノーザンライツとは、アラスカの空に輝くオーロラのことである。その光を愛し続けて逝った著者の渾身の遺作。カラー写真多数収録。

立花隆＋
東京大学教養学部
立花隆ゼミ著

二十歳のころ
（Ⅰ 1937～1958）
（Ⅱ 1960～2001）

「二十歳のころ何してましたか？」立花ゼミ生が各界70人を直撃！二十歳になる人、二十歳だった人、すべてに贈る人生の必読本。

宮嶋茂樹
勝谷誠彦構成

不肖・宮嶋
南極観測隊ニ同行ス

どの国にも属さず、交通機関もなし。ホテルもなんにもない極寒の大陸に突撃！　百戦錬磨の特派カメラマン、堂々の南極探検記。

村上春樹著

雨天炎天
―ギリシャ・トルコ辺境紀行―

ギリシャ正教の聖地アトスをひたすら歩くギリシャ編。一転、四駆を駆ってトルコ一周の旅へ――。タフでワイルドな冒険旅行！

無人島《むじんとう》に生《い》きる十六人《じゅうろくにん》

新潮文庫　す－20－1

平成十五年七月一日発行
平成十七年六月五日十二刷

著者　須《す》川《がわ》邦《くに》彦《ひこ》

発行者　佐藤隆信

発行所　株式会社新潮社

郵便番号　一六二―八七一一
東京都新宿区矢来町七一
電話 編集部(〇三)三二六六―五四四〇
読者係(〇三)三二六六―五一一一
http://www.shinchosha.co.jp

価格はカバーに表示してあります。

乱丁・落丁本は、ご面倒ですが小社読者係宛ご送付ください。送料小社負担にてお取替えいたします。

印刷・大日本印刷株式会社　製本・憲専堂製本株式会社
Printed in Japan

ISBN4-10-110321-6 C0126